风吹过村庄

禄永峰 著

黄山书社

目录

第一辑 风吹过村庄

第二辑 黄土的形状

第三辑 羊不是村庄的过客

第一辑

风吹过村庄

风吹过村庄

村庄多风，村庄也多黄土。当教室外刮起大风，小学地理老师问我们，谁知道村庄的黄土是哪儿来的？黑娃说是他爹掏井掏出来的。狗蛋说是他爷挖窑洞挖出来的。我说是俺家羊圈、牛圈和厕所里攒的。老师却说，村庄的黄土与风有关。村庄的黄土来自很远很远的沙漠，是一场接着一场的大风吹来的沙粒沉淀堆积而成的。我们不约而同地认为老师是故意逗我们笑。我们说要是有那么大的风，那早就把我们吹上天了。

风是不会把我们吹上天的！

但是，黄土高原上的村庄，太招风了。大树招风，高粱招风，牛羊招风，鸡狗招风。水渠、鼠洞、陶瓷罐子，角角落落都招风。就连懵懵懂懂的我，也招风。走进风，不是我把风绊倒了，就是风把我绊倒了。风似乎闲不住，有事没事总是喜欢和我一起出来溜达。忽而村东头窜窜，忽而村西头窜窜。冬天吹，夏天吹，秋天吹，春天也吹。风是村庄的一部分。我把风装进口袋里。

我把风装进头发里。我跟着风奔跑，风也成了我成长的一部分。

我诧异的是，风像长了腿一样，我能到的地方，风能到；我到不了的地方，风也能到。比如我家窑洞顶周围的树梢上，我常常仰头张望上面的鸟窝。鸟窝里有不会飞的小鸟，我不知道那里面有多少只鸟。叽叽喳喳叫个不停的小鸟，是在跟风打招呼吧。我不止一次看见一只只小鸟飞出鸟窝，在风中欢快地飞走了。小鸟一定是被风牵走的。鸟飞走了，我看见柴禾垛的顶上，长出了白白的蘑菇。那蘑菇像白云那么白。像云一样白的蘑菇，在风里一天天摇摇晃晃着。我担心它会不会掉到地上摔碎。柴禾垛太高了，我太矮了，我怎么也爬不上去。我总想爬上去，小心翼翼地把那朵白蘑菇采摘下来。

我开始想，是不是风让小鸟学会了飞翔？又是不是风让那朵白蘑菇的根须深深地扎进柴禾垛里？事实上，风的心思我捉摸不透。风不可能一直跟着谁，风一定有风的事情，它要么悄悄地躲在哪儿歇息，要么忙着赶去村庄别的地方。对，风最喜欢紧贴着村庄的地面赶路了。最先是我两只鞋子上的两个破洞露出的两枚脚指头，感觉风贴着地面走。我眉毛动了，我头发动了，连我的脸蛋子也凉飕飕的，风似乎跟我长一样高的个子。我常常陶醉于这样惬意的场面：风与村庄纠缠一起的白云窃窃私语，风与白云纠缠一起的羊群窃窃私语，风与羊群纠缠一起的草地窃窃私语。多么美好的村庄，多么美好的童年！

只是，云一旦跑起来，一旦向村庄压下来，风往往也会追随着云的步伐跑起来。风要在村庄的大地上留下一些痕迹，证明自己曾经来过村庄。我笑风太傻了，为啥不像鸟一样飞过村庄，飞过我牵挂和担心的那朵白蘑菇呢？明明是一堵墙，风却心急火燎地撞了过来；明明是比我还高出多半身的玉米林，风却一股脑儿地冲了进去；明明是麦收过后不久直戳戳的麦茬晾在那儿，风却不顾疼痛地蹚了过去。风赶起路来比谁都着急，谁挡住了它的去路，它就跟谁较劲。树上那么繁茂的叶子，它不仅扯下叶子，甚至弄断一些嫩枝。就连雨水冲刷形成的那孔长长的过水洞子，风也不分先后，一拥而过。我站在出风口，与涌出的风撞了个满怀，整个人瞬间像被人迎面泼来一盆盆水，冰冷而有力。

一年或许就那么一场风，或者几场风，吹落了村庄无辜的果实，吹落了村庄无辜的叶子，吹折了村庄无辜的树枝。风为什么这么淘气呢，风为什么这么教条呢，风为什么这么不谙世事呢？它不会象征性地吹一吹，吹过村庄，把叶子留下，把树枝留下，把果实留下。风的脾气，村庄人都懂。没有谁会想着把风逮住揍一顿。不想揍风也就不想怀恨风。村庄人被风吹了一辈子，竟然琢磨着风的好了！没有风，打麦场上那一颗颗饱满的麦粒，怎么能够借风跟麦皮分离？没有风，村庄那孔长长的排水洞的洞壁，怎么能够在雨后那么快风干？没有风，村庄一代代人遗留下来的那一孔孔黄土窑，怎么能够如此经久耐用，并让村庄漫过人间烟火？

一天，我庆幸地发现，我在一场场风中担心的那棵树上的鸟窝和柴禾垛上的那朵白蘑菇，风竟然真的把它们都留了下来。

风吹过村庄，一个孩子，包括我自己，在黄土高原，不经历几场像样的风，还能拥有一个像样的童年吗？！

大地一直很美

村庄的大地一直是忙碌的，从春天开始，便把自己装得满满当当的。装上泥土，装上种子，装上花，装上禾苗，装上露珠和阳光。

大地不会嫌弃每一粒麦子、每一株玉米和每一窝洋芋蛋。来到大地上，大地就会给它们一样的养分，大地不曾偏谁向谁，这是大地的宽厚和仁慈。是的，好好地向上生长吧，谁也没有不好好生长的理由。是麦子就该长出麦子的样，是玉米就该长出玉米的样，是洋芋蛋就该长出洋芋蛋的样。

当然，是树也应该长出树的样。村西头的一棵老柳树，七八十年的树龄了，四个人张开手臂，手挽着手才能搂住。一年盛夏的一场雷雨，随雷声而来的一道闪电击穿了树身，树身里面是空的，什么也没有。我不止一次地来到老柳树旁，目光穿过透着光的树洞。剩下两侧的树身，支撑着老柳树发芽绽枝，风风雨雨，屹立不倒。是什么给了老柳树向上生长的动力？是大地，也是树自己。

一切事物为了生长出自己的样子，村庄拥挤极了，麦子追着麦子，玉米追着玉米，洋芋蛋追着洋芋蛋；村庄又吵闹极了，风来了，雨来了，麻雀来了，我来了，我家的黑狗虎子跟着我也来了。一年里，还有哪里比村庄更拥挤，还有哪里比村庄更吵闹？

走着走着花儿就开了。

桃花、杏花、梨花，像是给春天打个前站；洋槐树花、麦子花、洋芋花，像是给夏天的花衣衫上做个点缀；紫苏花、荞麦花、玉米花，像是给秋天的大地呈送上花的色彩。村庄任何事物似乎都能开出花儿来，一朵一朵，一片一片，村庄的大地上矗立着一个无边无际的花篮，角角落落都孕育着花的心事。我想，鸟儿在那棵露出了树洞的老柳树上搭建的十多个鸟巢，那就是鸟儿在树上开出的花儿了。

花儿盛开的村庄，大地一直都很美。花儿是美的，果实同样也是美的。一批花儿接着一批花儿盛开，一批果实接着一批果实成熟。春天，苦苦菜、小蒜、榆钱钱熟了，它们都是大地送给村庄最美的野味。夏天，杏子熟了，桃子熟了，油菜籽熟了，麦子熟了，布谷鸟鸣叫着“算黄算收”“算黄算收”。秋天，所有的果实像赶赛似的，抢着成熟，压低了村庄，压弯了大地。

秋天快要过去，所有的果实已经陆续采摘、收获，只剩下一望无垠的大地。

我问大地：“给你留点什么呢？”

大地说：“留点秸秆！”

“不行不行，秸秆要喂牛喂羊。”

“那就留点叶子吧！”

我摇摇头说：“冬天冷，叶子要煨炕！”

冬天来临后，大地什么也没有留下。村庄只剩下平展展的大地。

大地空了，冬天就盼望着一场一场的雪花了。雪花是冬天开的花，一片一片落在村庄，大地白过了，大地像睡着了一样，安静极了。唯有袅袅炊烟，飘荡在村庄上空，漫过所有的大地。大地空了，风撒开欢子似的跑来跑去，大地上没有什么能够绊倒风、挡住风了。那就干脆把所有的寒冷留给大地吧！在冬天，大地早已经把自己腾得空空的，似乎就是为了承接吹过村庄所有的大风和寒冷。

在村庄，没有多少人，一辈子会像大地一样，把自己一次又一次腾空，静静地孕育着一个又一个希望。

树梢上奔跑的男孩

村庄更远的地方，是一棵棵树，稳稳妥妥地托着头顶的蓝天和白云。我绕着村庄跑一圈，村庄大大小小的树也绕着我跑一圈。蓝天像一顶高耸、巨大的蒙古包，搭在村庄周围的树梢上。树梢上盛开着一块块洁白的云，一切事物都像是在云里或者树梢上移动、奔跑。

村庄里，与牛呀羊呀马呀狗呀相比，长得最快的就要属树了。它从一棵幼苗到一棵大树，总是急着向上生长，树长得比我快多了。树不会跟村庄人争路，也不会跟牛、羊、马、狗争路，树一辈子走的是向上的路，树走路的时候一点小差也不开，只是急匆匆地赶它的路。树走路走得挺快。一不留神，我便感觉村庄被一块块云罩住了，被一棵棵树罩住了，被微风吹拂着漫过村庄的炊烟罩住了。我的目光，让房子挡住了，让羊群挡住了，让远处的树梢和白云挡住了。

我被村庄包围着，我被一切事物包围着。

我想瞧瞧树梢之外的事物，看看村庄之外的世界。我曾经偷偷地爬上许多墙头，甚至借助一架梯子爬上位于村庄最高位置的一处老宅子的屋顶，但是墙头上的我、屋顶上的我，与天边的白云和树梢相比，墙头还是太矮了，屋顶也还是太矮了。我踮起脚尖也够不着。

有一天，村庄的角角落落终于被我窜遍了，我发现村庄四处并不全是平平坦坦的大塬，“沟”就是村庄里一种特殊的地形。沟在低洼的地方，有深有浅，站在沟畔望去，沟像一个“凹”字形。不得不承认，吸引我前去的并不全是那一条沟，而是“凹”字形的沟里冒出来的那一座酷似“凸”字形的小山丘，村庄人叫它“堡子”。伫立在堡子上，沟中的飞鸟、小溪、羊群、树梢，尽收眼底。我突然感觉自己一下子高大了起来，竟然站得比树还高。

堡子周围是缓缓的山坡，山坡上长着杏树、白桦树、白杨树和槐树。堡子上曾经有人居住过，不少窑洞已经坍塌掉了，留下一截截窑洞在阳光下闪着光。较为平坦的地方，长着的全是杏树。我之所以不止一次地喜欢光顾那处堡子，正是堡子上那些茂盛的杏树。

堡子比沟高一截，比村庄的大塬低一截。这一高一低，堡子的春天似乎总是比塬上早到一步。塬上的杏花还是花骨朵，堡子上的杏花已经绽放了。待我奔跑着赶往杏花烂漫的堡子脚下时，嗡嗡的叫声已经传到耳畔，我知道那一准是从哪儿奔波赶来的一群群蜜蜂，已经捷足先登春天最美丽的堡子了。

春天里，来到堡子上，有杏花和蜜蜂作伴，我快乐地围绕着堡子上的杏树跑来跑去。腿脚困乏了，就地躺在杏树下那些刚刚冒出新芽的绿草上。风像一把梳子，轻轻地、精心地为堡子梳妆打扮着。堡子像个俊俏的小姑娘，蜜蜂来了，风来了，我来了，守住堡子迟迟不愿离去。我眯上眼睛，蜜蜂还不时嗡嗡地叫着，泥草味、花香味溢满周围。那一天，一个曾经在树梢上奔跑过的村庄男孩，就这么幸福地躺在春天热突突的大地上，陪杏树开花，陪蜜蜂采蜜。

杏树的花期过后，盼着，盼着，绿茸茸的酸杏子便开始从干瘪的花里露出来了。这是一年里最鲜的水果。望着很繁很繁的绿杏子，我不知不觉地爬到了杏树上去。有了吃杏子的那一次次经历，我学会了爬树，开始是像蚂蚁一样，小心翼翼，后来不仅仅爬杏树，还爬别的树。

爬树，对村庄的男孩子来说，大多都会像我一样无师自通。我爬过的大树并不都是杏树，还有不少其他长得太挤太矮的树。若一棵树的树梢扯得过大，就会不知不觉地遮住了其他树，甚至挤得其他树沿着自己的树路走不上去。若硬是要屈就自己而斜着身子生长，那会长成歪树，村庄不应该有这样的树。村庄的大地，能够容得下每一棵好好向上生长的树。

于是，我在一根长绳子的一头系上斧头，另一头系在我的皮带上，爬到树顶再用绳子像钓鱼一样钓上地上那把斧头。我一只手抱住树身，一只手抡起斧头，一次次落在树杈的枝丫上，整个树摇摇晃晃起来，白花花的木屑纷纷飘落到地上，树枝铺在地上。这样整枝，我不知道树疼不疼，树会不会记恨我。我只是觉得，每棵树都应该有自己的一条树路，砍掉一截旁逸斜出的树枝，让树自己尽量向上生长，让其他树也尽量向上生长。这种认识，让我至今都认为自己当年并没有做错什么事。

一个草人接一个草人

秋收前，天格外亮堂。糜子、谷子、紫苏称得上一年里最后一茬收成了。秋作物，不是主粮，村庄人种植的也不多。每一户，每一种最多也就种一两亩。可是村庄里的秋作物一旦连成片，每一块地上荡漾的便都是金秋的颜色，煞是好看。

一群麻雀忽而落在一块谷子地的谷穗上，忽而落在一块糜子地的糜子穗上，谷穗、糜子穗的秸秆较为脆嫩，一旦落了四五只麻雀，瞬间便倒在地上，被群鸟抢食。而紫苏呢，还没有等到麻雀们啄食，一束紫苏上的紫苏粒便沙沙沙地抖落一地。

一年里，村庄飞来飞去的麻雀，从来没有像金秋的田野上这么多。它们都是从哪儿飞来的呢？为什么就一下子盯上了村庄满地的糜子、谷子和紫苏？满地的麦子，成片成片的，每根麦子露出长长的锋芒，每粒麦子的麦芒也较为坚硬，即便一只只麻雀受着疼痛靠近，也不易啄食；满地的玉米，一块一块的，玉米身着七八层厚的绿衣裳，麻雀即便落到上面，也只能小憩片刻，无获而飞。至于埋在地里生长的洋芋蛋和红薯，村庄人收获前还未曾看见它们的模样，一只麻雀岂能奈何得了。

田地里的草人一个接一个，就是在一群群麻雀飞来飞去的时候突然冒出来的。麻雀们一定被这些草人吓坏了。麻雀熟悉村庄，也熟悉村庄劳动的人。村庄人在田地里劳动的时候，不都是戴着一顶草帽吗，那些草帽忽而在田地的这一头，忽而又移动到田地的那一头。麻雀飞在高处，每一次飞过农田的时候，常常能够看见一顶顶草帽似乎在跟着它们跑来跑去，麻雀找不到一块没有草帽跑动的农田。

于是，一群群麻雀飞到了一棵棵树上、一块块草地里，找虫子吃，捡嫩绿的草叶吃。树和草地周围没有那么多的草帽跑动，或者干脆一顶草帽也没有。麻雀们便把巢筑建在树杈上，开始哺育新的生命。麻雀绕着一棵树或者一片草地飞来飞去。村庄人每每靠近它们，它们没受到一点惊吓，甚至还能啾啾啾地继续唱歌。我喜欢听村庄麻雀断断续续的鸣叫声，它们的声音让村庄充满了生机。

村庄不能没有麻雀，就像村庄不能没有大树、麦子、玉米、高粱和洋芋蛋一样。村庄的大树、麦子、玉米、高粱露在外面，麻雀也应该露在外面，麻雀的鸣叫声也应该露在外面。麻雀总不能像洋芋蛋那么潜伏在大地深处，那大树多寂寞呀，草地多寂寞呀，天空多寂寞呀，村庄多寂寞呀！

没有麻雀，我也会寂寞的。在一棵棵树下，我尝试着跟一只麻雀用声音交流，我学着麻雀的叫声，像麻雀那样叫几声，麻雀又向着我回应几声。自然，麻雀的叫声，我学得再多么逼真，在麻雀眼中我还是人类，在我眼中麻雀也还是麻雀，这只是人与自然的互动，也是一群鸟与一个村庄的互动。这种互动，比有的人把一只鸟逮住后，圈在笼子里互动有意思多了；比有的人撒些谷子、糜子，将一只鸟、一群鸟哄进一张大网里有意思多了。笼子里的鸟，网里的鸟，看到提鸟笼子的人，看到收网的人，是恐惧呢，还是欢喜呢？

鸟儿飞到村庄，它们没有益鸟和害鸟之分，它们都是村庄的一部分，就像村庄的人也是村庄的一部分一样。村庄大地上茁壮成长的糜子、谷子、紫苏、大树、麦子、玉米、高粱，当然还有那些仍然被埋在大地里待挖的洋芋蛋，一切的一切，全部的全部，都是村庄的一部分。村庄应该是丰富的，村庄应该是多彩的，村庄也应该是幸福的。

一个草人接一个草人，戴着草帽，插在田地里，是那么可爱，那么幸福！

看场

夜晚，我喜欢看场。看场的时候，我不仅仅能够跟温暖的麦捆在一起，而且还能触摸到打麦场上的星星和习习凉风。

太阳落山前，我看着家家打麦场上露出亮堂堂的一片片麦捆，码放在打麦场上，排得整整齐齐，像集合起来的队伍，等待村庄人检阅。

麦捆里的一粒粒麦子露出的麦芒，似乎懂村庄人的心思。我白天在麦地里忙碌，阳光下灼热的麦芒划过手、臂膀和脸上，留出一道道白痕；到了晚上，我感觉打麦场上的麦芒温柔多了，即便扎在手上、脸上也不怎么疼。

无论是哪一夜看场，我都会在打麦场上整夜睡下来。解开几捆麦捆，铺在场上，这就算是我的床铺了。周围紧紧地围一圈麦捆，麦捆从没有这么拥挤地向我靠拢过来，我鼻边萦绕着的全是麦香味。我迷恋麦场上的夜色。即便没有月亮，麦场上也不怎么黑。一闪一闪的星星把村庄笼罩了，把所有的打麦场笼罩了。躺在打麦场上，星星把我也笼罩了。我陶醉其中，不管麦捆会不会丢失，也不管麦捆会不会招来猪牛偷吃。村庄那么多的麦场，麦场上那么多的人看场。怕什么呢!

麦场那么安静，我躺在麦子上，头枕着麦捆，展开胳膊和腿，舒舒服服地歇一会儿。白天太累了，我负责把一捆捆麦子拉运到麦场上，一捆一捆摆放整齐，一捆捆麦子不能挨得太挤了，要适当地留些空隙，让太阳光能照下去，让风能穿过去，这样麦穗和麦秆才能干得快一些。夜晚，紧紧地围绕在我周围所有的麦子，都是我一捆一捆抱着装上农用架子车，拉到打麦场上又一捆一捆抱下来，并连续朝地撴了几下子，让它们安安静静地站在场上。这里所有的麦子，每一捆麦子上都留着我的体温。已经夜深人静了，麦捆仍然热热的，像是伴着凉风向我送来一丝丝温暖。

睡在打麦场上，才能真正感受到对每一粒粮食的亲近和敬畏。这些陪同我走过一个个夜晚的麦子，就是我们一年的收成。麦子在麦田里被割倒的那一刻开始，才真正地朝颗粒归仓迈出第一步。“颗粒归仓”是一个好词语。就像唐代诗人李绅所作的《悯农》一诗中脍炙人口的“谁知盘中餐，粒粒皆辛苦”一样，搁在村庄，都是好句子。在麦田里捡拾麦穗的孩子，个个都懂得这些关于村庄的好句子的真正含义。麦子割倒，麦捆拉回麦场上，麦田里剩下麦茬和遗落在麦茬中的麦穗。孩子们一字排开，一人两步宽，朝前低头弯腰，像个插秧的人，专心捡拾麦茬中的麦穗。待一把攥不住了，再用麦秆绑起来放在身后，捡拾到地头，返回来再一把一把地收集起来。每人捡拾的麦穗竟然有一捆麦子那么多！

诗人李绅写出那么好的句子，想必他一定在麦田里捡拾过麦穗，或者偶遇过北方麦田里的孩子捡拾麦穗。我不知道诗人李绅在夜晚看没看过麦场，他若有过看场的体验，想必他也一定会写出关于麦场上更多更优美的句子。

村庄的夜晚，有时候静得只能听见风声，有时候静得什么也听不见，我翻身，仍然是甜蜜的梦乡。麦场上的那棵树上，有一个鸟巢，鸟巢里的鸟儿也安睡了。紧紧围绕着我的一捆捆麦子，多么像一个巢。鸟儿睡在巢里跟我睡在麦子里，都是一样温暖。

长在树上的香菜

我不大喜欢吃香菜，村庄香菜的味道太浓了。村庄的香菜是晒着太阳长大的，虽然不像大棚里的香菜那么嫩活，但是村庄的香菜香得有点招摇，哪里要是种了一块香菜，哪里便不分白天黑夜的香气四溢。自然，我不喜欢吃香菜，菜地里飘出来的香菜味，我也是拒绝的，往往会迅速离去。

记得有一天，走进屋内，没等我端起碗，香菜的气味已经窜进了鼻孔，突然感觉自己似乎遇到了一件不愉快的事儿，或者是碰到了一个十分讨厌的人。我想离开它。我对加了香菜的饭菜没有一点胃口，不管是掺杂在菜里还是汤里，哪怕放一点点。这个时候，我宁肯去啃冷馒头。

不知道为什么我对香菜的香味那么敏感，香菜的香与肉香都属于一种香，而我对它们的态度却截然不同。站在地头，我想，蜜蜂忙着采蜜，对于洋槐花散发的香与油菜花散发的香，它们会不会像我对香菜的香与肉香一样，也在态度上截然不同呢？

会不会这一群蜜蜂去采洋槐花，另一群蜜蜂去采油菜花？或者还有个别蜜蜂既不喜欢洋槐花，也不喜欢油菜花，而是一股脑儿地飞去采其他花儿了。

我就是远离又一块香菜地，飞去采其他花儿的那些“个别蜜蜂”。我对我能够接受的香，我乐意靠近它们，并在它们附近多停留一会儿。我会敞开心扉，屏住呼吸，让嗅觉灵敏起来，接纳它们的全部香气，不让一丝香气随风飘走。比如对于村庄飘来飘去的各种各样的肉香，我能很快辨别出它们的香是来自羊肉还是猪肉、鸡肉还是狗肉。我对这些香有着一种特殊的记忆，甚至我还能够在梦里大块吃肉，一大块一大块，非常多的肉。很多次，我幸福地惊醒后，发现口角流淌出来的口水已经渗湿了枕巾。

事实上，我和村庄许多人一样，一年里也吃不了几次肉。村庄是有牛有羊，村庄是有鸡有狗，但村庄人并不是奔着吃肉才养它们的。或许，正是经常性吃不到，偶尔吃到了，才强烈地刺激了我的嗅觉和味觉，我才对它们的香刻骨铭心。欣慰的是，有一天我突然发现，村庄散发香味的不仅仅是香菜、大块大块的肉、洋槐花、油菜花，还有一种长在树上的“香菜”。我发现的时候，一只鸟儿正在啄吃，它吃得是那么全神贯注，我和它近在咫尺，它却浑然不知。后来我才知道，那棵树叫“香椿树”，每年春天冒出的新芽可以当香菜一样食用。

我对香椿树上春天里冒出新芽的香情有独钟，它是我喜欢的香味。我默默地守在树下，等待着那只鸟吃饱了飞走，剩下来的香菜留我享用吧。鸟似乎懂我的心思，很快就欢快地飞走了。爬到树上，我轻轻地掰下那些嫩绿的新芽。回家，母亲炒了半碗，称香椿芽是少有的香菜，凉拌面或者撒在汤里，都是绝佳的调味品。那一天的那顿饭，香椿味太诱人了，我竟然比平日里多吃了一碗面条。

那个春天，我记不清楚自己到底去了多少次，直到有一天，我发现香椿树长出的新芽都成了长长的枝条，绽开了绿绿的叶子，不能再让我享用。不过，每一次经过那棵香椿树的时候，我还是情不自禁地靠近它，并使劲地闻一闻整棵树散发出来的香味。惬意极了，满足极了。

我喜欢香椿树，我吃掉了香椿树上不少的新芽，这些新芽都是它的枝叶，甚至左膀右臂。不知道村庄有多少人像我一样，喜欢吃这种长在树上的香菜。这些香菜，一定是汇聚了大地的香气，是大自然对村庄的馈赠。我该怎么感谢它呢，是给它浇水、施肥，还是多栽一棵棵香椿树，让它们长成村庄最美最美的参天大树？

有一天，我还是离开了村庄，在我工作和生活的城市里，香椿树的新芽做成了一道招牌菜，出现在不少酒店，供天南地北的人享用。不知道这些冒着热气，长在树上的香菜，是不是来自我黄土高原上的村庄？

风声里

风，会不会把那一截残存的土墙吹倒，会不会把老屋上的瓦片吹到天上去，会不会把村庄里的一棵棵老树连根拔起？小学课堂上，当老师讲到风的级别与破坏力的时候，我坐在桌前不由得胡思乱想了起来。我耳边似乎全是呼呼的风声，从黄土高原上的一个个村庄一路赶来的风声。

多少年了，我担心的那截土墙并没有被一场场风吹倒，我担心的老屋上的瓦片并没有被一场场风吹到天上去，我担心的那些老树也并没有被一场场风连根拔起。不少时候，风只是莽莽撞撞地跑来跑去，迷了路似的，竟然把自己摔倒了，风踩着风向天上直蹿，把打麦场上一些脱粒后的麦秸带上了天，很高很高。我远远地看着，看风带它们去干什么。想着想着，麦秸又零零散散地飘落了下来，落在打麦场的周围。我想，风除了能够把麦秸带上天外，村庄似乎并不惧怕任何一场风。于是，我钻进了风里，钻进了雨中的风里，拉着报纸糊的风筝满村庄奔跑。是风太大了还是我做的风筝太笨拙了，我在奔跑中，风筝的架子散了，糊在风筝上的纸碎了，自然，跟随在我屁股后面的风筝也没有飞起来。一个个风筝，一次次在我呼哧呼哧的喘气声里灰头土脸的。黄土高原上不缺风，我的风筝为何没有像鸟一样欢快地飞起来?

一天，我仰头顺着一阵轰隆隆的声音望去，那是飞过黄土高原上的飞机发出来的，飞机在我的视线里一点一点滑翔，其实它并没有我想象的那么快。这时候，村庄一场飓风来临，瞬间，满村庄的黄土在大风中四处弥漫。我担心那一架飞过村庄的飞机，它会不会在漫天的黄土里迷路，会不会让村庄刮起的这场风一点一点吹歪？风一次次把我制作的那一个个纸风筝吹得不成样子，那些一架架飞过村庄的飞机，那些驾驶飞机的人也一定会惧怕村庄刮过的一场接一场的风。

在村庄，有时候我是特别惧怕风的。比如，我们学校里挂着的那一口钟，那是老师敲打上下课的铃声，它像个大大的铃铛，一次次被老师敲响。我们一次次在它传出的声音里跑进教室或者跑出教室。尤其是它每一次发出下课的信号后，我觉得它的声音比风声悦耳多了，像教室外面的树枝上落满小鸟的鸣叫声！只是放学后，校园是那么安静，安静得使我可以听见吹过校园里的风声，还有那口钟的鸣叫声。那口钟没有人敲打，它的声音从哪儿飘来？在这样的钟鸣声里，我再也不敢逗留在校园，我再也不敢第一个赶到校园。我惧怕那一阵阵钟鸣声。

校园里，除了那口钟能够在风中发声外，那根铁旗杆似乎也喜欢在风中作怪，发出一阵阵或远或近或大或小的声音。就连那一间间教室的屋顶上，在风中也偶尔掉下一些土渣渣。如果刮过一夜的大风，第二天上学，课桌上一准又落了一层土渣渣。这些声音汇聚在校园里，让安静下来的校园吵闹极了。如果那根旗杆是木头的，或者是用一棵树做的，它一定不会像铁旗杆那么爱叫唤；如果教室的屋顶不是土坯房，是用钢筋、水泥和楼板搭建成的平房或者楼房，屋顶就一定不会掉下来土渣渣；如果那口钟换成电控的就好了，不用辛苦老师一秒一秒看着表敲打，也不会在风里鸣叫了。

教鞭的风，都是在教室里发出来的。教鞭是我们自己准备的，老师要求每人准备一根。握在老师手里，除了指着黑板教我们认字外，如果谁犯了错误，老师就会抡起教鞭，打在手上，屁股上，腿上，甚至头上。教鞭落下去的时候，自带一股风，落在哪儿，哪儿就一股火辣辣的疼。不少木头教鞭打折了，不少同学的头上起了包，屁股上高出了一道梁。谁都惧怕这一股风，这股风比村庄的风厉害多了。在刻骨铭心般的疼痛中，挨过打的同学拿起那一截被打折了的教鞭，认真对证这一根根教鞭都是谁提供的。挨打的同学撂下狠话，他一定会给老师提供一根更厉害的教鞭，让老师一定狠狠地打一顿那些打过自己的教鞭的提供者。果然，挨过打的同学提供的教鞭更加结实了，

一群群羊的嘴唇，与村庄的大地靠近，与大地上的草地靠近，与草地上的每一根绿草靠近。

老师打了许多同学都没有打折，提供这根教鞭的同学挨得打最多。他悔不当初，偷偷摸摸地用小刀把这根教鞭划了一圈。课堂上，老师气急败坏地准备教训一个捣乱的同学时，还没等教鞭落在那个同学身上，“啪”的一声，教鞭折在了半空中。同学们哄堂大笑。老师把大家请出教室，把我们关进不足二十平方米的烧水房里，扣上门栓。那副铁门栓在风中咣当咣当地响，水房里除了门只有一扇小窗；门关起来，里面黑漆漆的。老师说，不供出恶作剧者，我们将被一直关着。

那天，我们不知道被老师在烧水房里关了多久，老师打开门，把我们一个一个叫出来问是谁干的。老师没有问到十个人，便直接叫出那名同学，那名同学赶紧承认。老师给他提出一个要求：“同样结实的教鞭制作十根，一根不能少！”从那以后，老师的教鞭，我们都将其视为跟粉笔、教案一样的教具，没有谁再敢轻易破坏过。

有关风声里琐碎或稚嫩的记忆，源自我八岁那年。那一年，我刚刚上小学一年级。

不会露在外面的洋芋

麦收过后，要不是一行行洋芋开出了花，村庄人甚至不知道春天自己曾经在土地里种过洋芋。在村庄人眼里，洋芋是一种介于菜与粮之间比较尴尬的食物。种植面积，基本上都遵循宜少不宜多的原则。因此，在洋芋的种植和管护上，村庄人用不着花费太多的心思。

我注意到洋芋的花，比灰头土脸的洋芋好看多了，有紫色的，有白色的，还有粉色的，一簇一簇，随风摇曳。开花的时候，应该是埋在土地里的一块块洋芋，一生中最风光的时候。那一拨拨大喇叭似的花朵，似乎在向村庄宣布：它们藏在土地里的果实正在疯长。

那些食物在土地里的模样，唯有洋芋最让人捉摸不透。我不知道它们在土地里黑黑漆漆的，一个也看不见一个，是怎么分配各自的生长空间？它们会不会因为一些琐事像人一样吵吵闹闹，甚至大打出手？我先把自己给惹笑了。洋芋一旦猜透我的心思，也一定会被我惹笑的。

其实，洋芋不急不躁，它们一个个像憨厚老实的村庄人，谁也不嫌弃自己灰头土脸，谁也不嫌弃自己埋在土地里甘受寂寞。洋芋身上承受着来自黄土的压力，也承受着来自相邻的洋芋之间相互挤压的压力，它们不论怎么生长，都不会像露在外面的其他果实那么无拘无束。村庄不论谁一辈子，压力再大、生活再难，也大不过和难不过洋芋了。因此，刨出土的那一天，不管洋芋长成什么模样，品相好不好，都没关系，村庄人是不会嫌弃的。

不少年，洋芋成熟收获的时候，我总是不敢用锄头刨洋芋。锄头距离洋芋茎叶太远，刨不净；离得太近，每次都有一两个洋芋被削成了两半。这个时候，我内心对被我削成了两半的洋芋报以歉意。我应该让它完完整整地出土，接着体体面面地进入厨房，最后扬眉吐气地摆上餐桌。我辜负了一块洋芋，就像辜负了一个人。

村庄人把洋芋当菜种，却当粮吃，一直从当年吃到第二年春天。几乎顿顿饭都离不开洋芋，哪家巧妇一不小心做出了洋芋系列“盛餐”，也不是没有可能。凉拌或者爆炒，切丝或者切片，烩菜或者烩面，吃法多了去了。没想到，一块不起眼的洋芋，不露在外面则已，一露惊人。

冬天里，村庄人把洋芋埋在土窖里，上面覆盖一厚层黄土，让一块块洋芋拥挤在一起，过个暖和的冬天。洋芋的一生，至少有两次被埋在土里，一次是被村庄人点种在土地里生长，一次是被埋在土窖里储存。土窖成了洋芋冬天的家。

待冬天远去，大地回暖，从储存在土窖里的洋芋中挑选出洋芋的种子。洋芋上长出了新芽，沿新芽切成几小块，春暖后再次种在地里，收获更多的洋芋来。这正是洋芋的朴实之处，也是洋芋的神奇之处。洋芋总是甘愿被村庄人反反复复地埋在地下，在地下生长果实，从未急着把自己的小手、屁股或者身体露出来。它们一定知道，洋芋就应该沿着根须向下生长，同一株根须上的洋芋似兄弟姊妹，相邻而不同株上的洋芋似堂兄堂妹，而整个藏在地下开开心心生长着的所有的洋芋，恰似整个村庄的人，和和气气，不骄不傲。

与黄土为邻，与情同手足的兄弟为邻，洋芋一点也不寂寞，它总是把最鲜美的食物回馈给大地，回馈给村庄。

一年最劳累的是大地

惊蛰刚过，田野里、沟壑边的各种各样的野菜，你追我赶，掀开泥土，吵吵闹闹地来了。一个冬天，村庄人吃得较为单调和乏味。苦苦菜、小蒜、苜蓿草、地软软，这些纯天然的野味，就是大地呈送给村庄人的开春“见面礼”，让村庄人解解馋、尝尝鲜。

不久，麦子大青了，油菜挺直了，柳树发芽了，春天的气息彻底地惊动了整个村庄。田间地头，施肥的施肥，犁地的犁地。去冬的几场降雪，大地湿润，墒情正好。积攒了一冬力气的牛呀驴呀马呀，精神抖擞，欢快地跟着村庄人一起劳作。春天，大地一派生机。

大地上的桃花、杏花、梨花，也静静地和着春天的节拍，追着春天的步伐，不分昼夜地开满了村庄的角角落落。惹来了一群群蜜蜂，一会儿落在桃花上，一会儿落在杏花上，一会儿落到梨花上，忙碌个不停。它们一定是要赶在花谢之前，采完整个村庄的花蜜。

原来大地上忙碌的不仅仅只是村庄人，还有蜜蜂，还有桃花、杏花、梨花，还有牛呀驴呀马呀，还有默默孕育着一个希望接一个希望，一大片希望接一大片希望的大地。蓝天之下，大地之上，大家看似各忙各的，一个不理一个，实则都各司其职，各有各的心事，像桃花、杏花、梨花一样绽放着浪漫的心事，像蜜蜂一样酿造着甜蜜的心事，像牛呀驴呀马呀一样踩踏着丰收的心事，并一同期待村庄的一个好年景。

麦子收割前，玉米正在拔节。村庄人趁早打磨好一把把镰刀，备好打碾晾晒的场面，这是村庄人一年里最盛大的日子。一切备齐，麦子也陆续收割了。收割麦子需要一个个好天气。晌午时分，大地和麦子一样炙热，人起伏在麦浪和大地之间，脖子上挂条毛巾，猫着腰，一镰镰搂过去，绕个弧，再绕个弧，一把把麦子像长了小脚似的跑了过来，握镰刀的村庄人再一脚踢前去，如此重复几次，只是眨眼的工夫，一捆麦子已被撂到身后。

麦收那天，我从热突突的麦地里，往回拉运麦捆。麦地里像着了火一样，热气钻进我的裤管，钻进我的袖筒，钻进我的头发，刷的一下，全身上下汗水就渗出来了。撵在我身后的黑狗虎子，还以为我会带它到什么好地方去撒野，却被我带到了这一块冒着热气的麦田里。它露出一副不是很高兴也不是很扫兴的模样，静静地待在一边，伸着长长的舌头，低垂着脑袋，一语不发。

麦收过后，天气似乎越来越热了，茁壮的玉米也蔫了，长长的玉米叶子拧成绳子，低垂下去，轻风吹过去，它们似乎连动一下的力气也没有。这块炙热的大地，多么需要一场风或者一场雨啊！可是，天气的坏脾气，总是令人捉摸不透。有时候，即便黑云压顶，就是一滴雨也落不下来；有时候，即便雨点子已经稀里哗啦地落下来了，却硬是被一阵狂风卷跑了；有时候，正值收获日子，不需要一滴雨，可一场雨接着一场雨，硬是给你死皮赖脸地下个不停。黄土高原上的村庄人，一辈子就得靠天吃饭呐，没有谁能够呼风得风、唤雨得雨。

一茬茬庄稼，一辈子即便看够了老天的脸色，也不愿辜负村庄人和村庄人脚下的大地。村庄孕育万物的大地呢，简直就像是沙漠走出来的一匹骆驼。它料事如神，提早储备了庄稼地需要的养分和墒情，与天与风抗争，护送一粒粒麦子、一株株玉米、一把把糜子和谷子，在赶往成熟的路上奔腾。一旦遇到大旱之年，即便减产，也不至于绝收。我常常觉得，村庄的大地魅力无穷，宽厚仁慈，既不会放弃每一次播种，又不会放弃每一次收获。它一年又一年地守护着村庄的每一株农作物，让它们好好生长。它更能耐着性子，在黄土高原上，等待着一场透雨来临。

寻找果实

春天一到，我便像黄鼠狼、老鼠们一样，窜到村庄的角角落落，看能不能趁早找点新鲜的野味解馋。我不知道，村庄的大地为何除了粮食就是粮食，很多村庄人为何不愿意留出巴掌大的地方栽几棵果树呢？粮食是可以吃饱肚子，但天天吃粮食，粮食哪有果实好吃呢？我一闭上眼睛，都能想象得到每一粒粮食的模样和味道。

春天花开得最早最艳的要数山桃花和杏花了。山桃花开起来毫不遮掩，摆出一副绝不愿意输给杏花的样子。不管是比颜色还是比花瓣展开的大小，山桃花拼命似的开着，好像要把最美的自己留在春天里。山桃花在春天怒放过后，山桃在赶往成熟的路上，便很难引起多少村庄人的注意了。前几天还张扬的山桃花，一旦蔫下来，山桃的果实就悄悄露出来了，真是碰不得吃不得。刚刚一靠近，它便毛手毛脚地痒痒我；想尝一小口，还没等我真正地嚼几口，又苦又涩，我只好赶紧吐在地上。这一点，山桃比起杏子来可逊色多了。杏子一露出花蕊，一天一个模样，我摘几只，塞进嘴里，酸酸的，香得口水都流出来了。

在村庄，我管这种小杏子叫“杏娃娃”，它是村庄春天里娃娃们的好果实。吃得多了，酸得实在招架不住了，我便采摘一些装到裤兜里，回家切成两半，取出杏仁，将杏肉拌白糖腌在玻璃瓶子里，再把瓶口封住。放置三两天，甜中带酸的杏子罐头熟了。每日吃几块，舍不得一顿吃完。三四周后，杏子已经有大拇指盖一般大小，吃起来酸中带甜。我隔三岔五地采摘几个，吃着吃着麦子就吐穗扬花了。

风轻轻地吹拂过村庄，村庄的粮食和果实在风里成熟。麦穗一天比一天饱满起来，待麦粒成型，我便迫不及待地采摘一把麦穗，跑向砖瓦窑窑顶的烟囱旁烧着吃。恰好，正赶上砖瓦窑加火烧砖，烟囱冒出的火力把麦穗烤得滋啦啦发响。我像烧烤摊上的烤肉师傅一样，不停地转动着麦穗，麦香味窜到鼻子里，好闻极了。烤几圈，麦粒熟了，拿出三四根麦穗在手里揉一揉，轻轻地吹飞麦皮，热腾腾的麦粒落在手心里，一口吞下去，筋道十足，回味无穷。

遗憾的是，我在砖瓦窑的烟囱烧烤十多次麦穗后，砖瓦窑开始拉水饮窑了。这时候窑主封窑停火，烟囱上再烤不出香喷喷的麦粒了。于是，我便偷偷摸摸地掀开自家的炕洞门、灶膛门，煨一把火，烧烤麦穗。几次过后，不知道是哪一次的烟火燎了眉毛。喜欢烧烤粮食的我，没有了眉毛，吃着没有麦皮的麦粒，也算是与大自然的最美吻合了。吃着烧烤的麦粒，日子过得贼快。麦粒硬了，麦子也就该搭镰刀收割了。这时候，塬上的、沟里的，一片一片黄灿灿的杏子也相继成熟了。成熟的杏子吃起来可以管饱，我把杏子当粮食吃。

杏子败了，麦子收了，不招人待见的山桃一身素颜登场了。外表青青的山桃在麦收后成熟了。山桃只有在成熟的时候才会引起人们的注意。采摘一个，轻轻一捏，分成两半，果肉白里透黄，略带一丝丝红瓤，咬一口，脆甜可口。不用说，这时候的山桃便成了村庄最鲜美的果实。漫山遍野的山桃树，招惹来一拨一拨漫山遍野的孩子，还有大白天跑出洞、光明正大地采食山桃的黄鼠狼、老鼠们。山桃是村庄里的果实，黄鼠狼、老鼠们自然也有份。

不多几天，山桃熟过了头，风一来，洒落的漫山遍洼都是。漫山遍洼的山桃是风种植的，没有风，便没有漫山遍洼的山桃树和山桃。当然，也不会有漫山遍洼的黄鼠狼、老鼠和孩子们。在村庄，一次次寻找果实的过程，便是一次次与风赛跑的过程。

相比较杏子和山桃，村庄的梨树、桑树、核桃树、苹果树少得可怜，不知道村庄人为何不喜欢大面积种植这些树。这些树的果实才是真正的果实，它们的味道总是停留在我的记忆里。我吃过，但从未像杏子和山桃一样管饱得吃过。因为太少，这些树上的果实被村庄人当成稀罕物一样看管着，无数次远远地望着它们，却无法靠近。自然，三五个孩子一年里总是要盘算着去偷几次的。每一次去偷，都未必满获而归。记得有一次，站在一棵老梨树树杈上，我把背心系在裤子里，一个个梨子被我装在缠腰的背心里，每采摘一个梨子，装在背心里的梨把就偷偷摸摸地扎着我的肚皮，梨子顺着我的肚皮滚动。当我正准备返回时，梨树的主人赶来一声大喊，吓得我从树杈上直接跳到了地上。慌乱中，我竟然忘记了两只脚疼不疼。不好！装满背心的梨子漏了一地。眼看主人来了，我只能撒腿快快地跑去。就这样，一场担惊受怕之后，一个梨子也没吃着。跑远后，我气狠狠地朝着梨树下的主人叫骂。这是我当贼当得最理直气壮的一回。

吃不着梨子、核桃、苹果这些果实，那就干脆把地面上长的、土里埋的粮食当水果吃吧。毕竟，自家地里的玉米、洋芋蛋还是不缺的。村庄的孩子都是不教自通的烧烤师，他们把所有的粮食都尝试着烧一烧、烤一烤，比如烧烤麦子，烧烤玉米，烧烤洋芋蛋，烧烤小豆。不烧烤这些粮食，村庄孩子的嘴里就闲着没事，空落得没事，只有嘴里吃点什么，让嘴别闲着，让村庄渐渐成熟的粮食别闲着，这样的日子才会多出另一番滋味。

粮食的味道是丰富的，做法也是多样的。到了地头，随手掰几个鲜嫩的玉米棒子，刨几窝沾满泥土的洋芋蛋，不用去皮，也不用清洗，丢进炕洞里，焐上柴火，让其慢慢熟透。香喷喷的烧烤味道，顺着烟囱里散发出的袅袅炊烟，溢满小院，溢满村庄的所有玉米地和洋芋地。村庄人所食用的粮食，看似单调乏味，实则，村庄人变着花样可以做出不同的味道。比如烧烤的洋芋蛋、烧烤的玉米棒子。村庄人尝的就是那股鲜嫩味。待洋芋蛋和玉米棒子收回来，堆在院子晾晒几日，那股鲜嫩味便变淡了不少。

到了深秋，村庄的果实都在风里摇曳着。枣树上露着零散的枣子，杜梨树上挂着一爪爪杜梨，核桃树上熟破皮的核桃在风中啪啪地掉落，这都是一年里露在村庄最后的果实。没想到，那些黄鼠狼和老鼠们捷足先登，它们把最好的果实采走藏在自己的洞里。它们藏的果实，比村庄任意一个孩子或大人的果实都要丰富得多。它们的洞里，不仅仅有枣、杜梨，还有山核桃、杏核以及各种各样的粮食。它们过冬的果实，都藏在大地深处，没有谁能够找得着，也没有谁能够猜得到。漫长的冬天，它们藏在洞里慢慢享用着大地的美味。

夜色包裹的村庄

一样的夕阳西下，一样的黄昏，一样的牛马羊和劳作的人们从田间地头陆续返回村庄。

阳光在大地上展开它扇状的胸脯，收敛着。最后几根燃烧的光线，穿透空气，抵达我头顶几颗寂寞的星子儿。暮色沉重，高高地搭在我目能所及的树尖尖上。一点一点跌下来，钻进我的头发，落在我的眉毛上。

村庄夜的底色很纯，是真的夜。我穿越村庄透明的黑夜，从东头到西头，再从西头返回东头，来来回回地溜达着，再晚一点回家也不怕迷路。是的，夜幕若再重一些，家家黄土窑顶的烟囱里便开始飘出了袅袅炊烟，顺着缕缕炊烟的走势，我不仅能够判断出哪一股炊烟是我家的炊烟，而且还能够判断出哪一股炊烟是哪一家的炊烟。

炊烟是村庄的魂和根，一个村庄人不管离开村庄多久、多远，他们都熟悉村庄炊烟的味道，就像他们熟悉的亲人。村庄的小路上，陆续回家的牛呀马呀羊呀，不管夜色多么沉重，夜晚多么漆黑，它们还是顺利地找到了各自回家的路。除了为数不多适宜夜间奔跑的老鼠、猫、狗或者飞行的猫头鹰之外，牛呀马呀羊呀之所以没有走错回家的路，那一定是主人家黄土窑的烟囱里冒出的那一股股炊烟，像明灯一样把它们带引回家的。

一个村庄的牛马羊，早已习惯了赶夜路。村西头与村东头的牛马羊在村庄中心一旦相遇，尽管黑灯瞎火的，谁也看不清楚谁的脸，但它们还是要相互吼叫几声，像是打招呼，然后各走各的路。它们一定是从来到村庄那天开始，便逐渐习惯了被夜色重重包裹着的村庄。它们一定不会反感村庄的夜色，穿过夜色返回圈舍，圈舍里有鲜嫩的饲草，叼起一根根饲草，嚼着嚼着，把铺在地上的一丝丝炊烟也慢慢吞咽了下去。

夜色中，村庄人一旦相遇，两个人还没有走到跟前，却早有一方抢先发话了。问对方一天犁了几亩地，牛犊子犁地听不听使唤，明天天气是多风还是下雨，田里下种迟几天会不会影响收成。从这两个人一开口搭话便听得出，他们即便在夜色中也会认出对方是谁。

村庄人认人，不仅仅靠眼睛。在夜色包裹的村庄，村庄人认人还会靠耳朵，靠嗅觉。一个熟悉的人还没有走到跟前，另一个人却早已听出是谁的脚步声。一个羊倌整天跟随羊群转悠，羊倌与村庄人擦肩而过时，大家一准嗅得出。而一个人的高矮胖瘦、背驼脚瘸，村庄人更是不会看走眼，即便在深沉的夜色里。

在一个无论多么小的城市，即便在大白天，我们还常常认错人呢。而一个村庄，不管多么大的村庄，也就那么百十口人、几十只驴子、几十头牛和百十只羊，大家低头见，抬头也见，一个与一个能不熟悉么？

走在村庄的夜色里，有风，有狗，有虫鸣相伴，并不孤单。风是村庄的常客，即便是在夜晚，它也不会闲着。风对村庄比人还熟悉，它喜欢到空旷的地方贴着地面转悠，它最不喜欢到那一排排老树、一孔孔老窑洞、一截截土墙和那一个个大大的豁口去，有数不清的风已经在那儿栽了数不清的跟头。每一次，风走到老树、窑洞、土墙和豁口的地方，总要踮起脚尖走路。风一定感觉累极了，所以干脆趁黑在空旷的地方展开腰快步跑一阵子，把整个村庄跑了个遍。

风守护着村庄，村庄在一股股风里静谧、沉睡。这时候，村东头的狗跟村西头的狗聆听风之外的声音。如果村东头有了响动，村东头的狗便扯开嗓子朝天叫几声，它们似乎是有意在给村西头的狗捎话呢！村东头的狗叫声刚落，村西头的狗便迎合着朝村东头叫几声。整个村庄的狗叫声，高一阵，低一阵；低一阵，高一阵。狗叫的时候，牛羊马驴静静地待在圈里，绝不发声扰乱。整个夜晚，狗专心地忙着自己的事情，整个村庄也没有因为狗叫声而感觉吵闹。

如果是夏秋两季，村庄的夜晚便热闹极了。前半夜，热突突的风拂过村庄，虫鸣声此起彼伏。不知道是多少只虫子在村庄鸣叫，它们各自的声音竟然连成了一整片，把整个村庄的坑坑洼洼、角角落落填得满满的。叫着叫着，到了后半夜，虫鸣声稀疏了，狗叫声却开始了。虫鸣成了狗吠的前奏，狗吠成了虫鸣的续曲。除了狗吠和虫鸣，还有什么让夜晚的村庄这么热闹呢？

夜色包裹着村庄，村庄的农作物在夜里借着炊烟、风、狗吠声和虫鸣声悄悄生长着。不信，你清晨到田间地头看看，那一株株禾苗和一棵棵树苗，一下子就长了半拃高呢！

奔向大地的一场场白雨

在村庄，没有人比麦收时节更关注天气；而村庄的天气，也没有什么时候比麦收时节更变化无常。

麦子在颗粒归仓的路上，的确跟一个个家常的好天气息息相关。眼看田里的麦子熟透，金黄透亮的麦穗迎风涌动着，村庄到处萦绕着一股股麦香，这是成熟的味道。一块一块的麦子，该搭镰收割了。可是，死皮赖脸的连阴雨来了，一旦陆陆续续下个五六日，不少麦子便倒伏在地长出芽来。出芽麦没有了正常麦子的筋道不说，磨成的面粉做成馒头或者面条，吃进嘴里如同嚼胶，难以下咽。

眼看摊在场上的麦子可以起场出粒了，一场大雨“哗”的一下子泼下来，给人个措手不及。遇到这样的境况，村里人叫“塌场”。麦粒还未脱净的秸秆和麦粒搅和在一起，在雨里紧紧地贴着场面，只得等一两天的好天气，才能晒干，出粒。

眼看一堆胖乎乎的麦粒在太阳下暴晒着就要入仓了，隆隆的雷声由远及近，不一会儿黑云跟着雷声压过来，如果风的步子再紧一点，说不准一场大雨又要来了。听到雷声，晒麦人心里“咯噔”一下，脚底生风，唤一家老小到场跟糟糕的天气来一次赛跑。麦粒沉呀，起场聚集起来，那个费劲啊，汗水顺着脸颊、脊背淌下来，一旦有点雨落下来，汗水、雨水和土场上的细土搅和着，扬起一股股刺鼻的泥腥气，把一个个人紧紧地包围着。这个时候，我似乎流尽了一年的汗水，我要跟家人把所有的麦粒抢回家去。

那一堆装进蛇皮袋子里的麦粒，每袋足有八九十斤重，系好袋口，我两只胳膊紧抱蛇皮袋两头，再紧吸一口气，抱起装到农用架子车上。父母嫌我小，让我干别的活，可我就是不听。我觉着不赶快把装起来的麦粒拉运回家，雨一旦来临，一切都是徒劳。于是，每一趟我拉运五六袋麦子，来回都是小跑着，就连抱起蛇皮袋子卸车也是小跑着。那时候只有十二三岁，我也说不清自己的劲咋那么大呢！

是的，吃麦子长大的人，劲大着呢！辛苦耕种一年的麦子，眼看就要颗粒归仓了，谁肯眼睁睁地看着让大雨给冲跑了呢。一场大雨降下来之前，我们总会把一场的麦粒，一粒不落地抢运回家。最后一趟，还没待我把所有农具收拾起来，伴随一道道闪电，雷声越来越近，雨“哗哗哗”地来了，落在场上，顿时整个场上都白了。看到这场景，我突然顿悟，村庄人为何一直管雷阵雨叫“白雨”了。

对于“白雨”，诗人李白在《宿鰕鰕湖诗》中就有所描述：“白雨映寒山，森森似银竹。”诗人陆游更是痴迷“白雨”景致，他在《大雨中作》写道：“贪看白雨掠地风，飘洒不知衣尽湿。”两位诗人诗中的“白雨”，说白了就是今天所说的暴雨。这雨下得急，雨点大，落在黄土地上来不及下渗，很快就起水了。那水就像一面镜子，雨点砸在上面，明晃晃的，白里透着淡淡的雾气。我没有诗人那般浪漫，有意“贪看”一场白雨而淋湿衣裳。我是躲避不急，浑身才被大雨浇透了。在雨里，我奔跑着回家，想到那些刚刚拉运回家还热突突的麦粒，一路上满心欢喜，尤为踏实。

自然，在收麦天，总会有一些天气让我捉摸不透。明明连一丝风也没有，太阳悬在空中，只有一大块一大块白云从头顶慢慢浮过，鸟儿也不叫一声，没有一点雨象。可是，天突然就稀里哗啦地降起雨来了。雨简直不把风搁在眼里，不把云搁在眼里，不把太阳搁在眼里，肆无忌惮地在太阳底下耍着小性子，把整个村庄都给搅乱了。我感觉满村庄的人都在奔跑着，喊着。还好，这只是一场过云雨，几分钟就过去了。可是，刚刚奔忙的那些人心里一定会像我一样，还在“腾腾腾”地跳着。

有时候，雷声四起，黑云压顶，眼看一场大雨马上来临。田地里，麦场上，一个个村庄人又奔跑了起来，奋力跑在一场白雨前面。我感觉村庄人太能跑了，麦收天，即便是个晴朗天，即便预报没雨，他们也是一路小跑着。小跑着割麦，小跑着运麦捆，小跑着打碾，小跑着入仓。我想，“抢收”这个词语，一定是出自村庄，出自村庄的收麦天。跟天抢，跟地抢，跟自己抢。“抢”，就是要快人一步，把丰收抢到手，把麦粒抢入仓。最好能小跑起来，奔跑起来。跑着跑着，突然，不知大风从哪里赶来，把头顶的黑云撕碎，吹散。雷声是不小，却没落下一滴雨，着实让人虚惊一场。

有时候，村东头的云黑沉沉的，越来越多，越来越低，眼看一场白雨来了。村东头的人开始手忙脚乱，已经跟一场将要降临的白雨较上了劲。村西头呢，天还是那么高，薄薄的云慢慢悠悠地移动着，没有谁认为一场雨会降下来。这时候，村东头的人已经开始奔跑了起来。晾晒麦捆的人，把所有的麦捆垒起来，最好垒得尖尖的，让雨滴没有落脚的地方，让所有的雨滴顺着麦子的秸秆滑落在地。准备碾场脱粒的人，赶快把摊开的麦子用木杈掀到场中央，像麦捆一样垒起来。待村东头的人把一切收拾停当，头顶的黑云却追着风跑到村西头去了，把原准备降在村东头的雨全部倾到村西头了。村西头的人骂天，天不应。天哪里听得见呢？

面对这令人猝不及防的鬼天气，晌午饭间，各家总会专门留人在场里，看风看云看天气，若是有行雨迹象，看天气的人便箭一样地直奔家里唤人。我留在场上，关注的并不全是天气，我至少把一半心思投入在用麦子的秸秆扎蚂蚱笼子上，蚂蚱笼子有拳头般大小，在场里看天气的时候是扎蚂蚱笼的好时机。

我想早点儿扎成，说不准很快就会捉到一只蹦蹦跳跳的大蚂蚱呢。当然，别看我埋头只顾扎制我的玩物，我的耳朵可灵着呢，若是听到临近的场上传来奔跑的脚步声，抬头一看，一准是白雨又要来了。

那些年，我与一场雨的距离，正像麦收时节变化无常的天气，有时候近在咫尺，有时候擦肩而过，有时候呢，我正与村庄人一同在另一场白雨中奔跑。

长在夏天的事物

立了夏，气温却一点不像夏天的样子。乡下的屋内渗冰渗冰的，冷气不仅朝衣服里钻，而且朝骨头缝里钻，让人浑身展不开。屋外，阳光藏在乌云里，整个天空一点也不像夏天那么明朗。说是入夏，可是夏天似乎只是迈进来一只脚，另一只脚还牢牢地被卡在春天里。这不，气温还在继续下降，好像春天的脚步腾空跨过了夏天，一下子窜到了秋天。

是什么拽住了夏天的脚步呢，是风吗？走到一块麦地旁，麦苗抽出来嫩绿的叶子，胖乎乎的，绿油油的，像一根根麦苗展开的小手——是向我招手吧！我看见这么多的小手，举起来，一点不动。要是来一点风，真就是招手了！麦子是静的，树是静的，树梢上的云也是静的。风并没有拽住夏天的脚步。

春天盛开的那些桃花、杏花，已经败了十多天。长着绒毛的桃子和杏子陆陆续续脱了花的衣裳。一眨眼，一树树绿果子便长指甲盖般大小了，挂在树枝上，它们似乎是在一瞬间长大的，给我一个不小的惊喜。除了桃子和杏子，梨、核桃、枣、苹果，它们都是村庄长在树上的果实。春天的花已经顺利开过了。它们从花里露出来，铆足了劲准备在夏天好好生长，成熟。苹果花和洋槐花是要在夏天开的。这几天，明明立了夏，眼看苹果树就要开花了，样槐树也要开花了，可是天空阴沉沉的，好像是谁惹它生了气似的，板着一张大脸，跟一棵棵苹果树、一棵棵样槐树对视着。

一整天，天一点也没有妥协的意思。晚间，竟然洋洋洒洒地飘起了漫天遍野的雪花。雪花落在一棵棵树上，苹果树和样槐树上已经坐上了花苞，花苞是白色的，雪花落在上面。这是天妒苹果花和洋槐花吗？它们是比谁更白，比谁更美？好在，雪花飘落了一阵子，开始变成了细雨。这使刚刚受到惊吓的苹果花和洋槐花，情何以堪？

我不知道村庄的天气为何变得这么古里古怪。那些绒毛未褪去的果子，那些还没有来得及真正绽放的花朵，还需要像村庄降生的婴儿那般精心地呵护着。一股冷空气，一场轻雪花，不止一次地让那些果子颤抖，让那些还未开放的花颤抖，让整个村庄和所有的树颤抖。春天走着走着，迷了路似的，找不着夏天了。春天彻底把自己弄丢了。

一位还没有脱去冬衣的老人，本想扶着墙角，慢慢地蹲下去，等太阳出来，眯着眼，晒晒太阳，抽一锅旱烟，再打一会儿盹。这样的时光，该有多么惬意，多么美好。可是老人感觉村庄的冷太漫长了，他整个身体被裹得死死的，他甚至感觉自己已经快喘不过气来了。这不，因为那些该死的冷啊，他被厚厚的衣服裹着，被满屋子烟熏火燎的烟火裹着，被几床厚厚的棉花被子裹着。春天去了，夏天来了，老人迫不及待地走出屋子，就是想好好地把自己蜷缩的皮肤打开，把自己蜷缩的骨头打开。可是这天啊，还没有等老人蹲下去，不知道是从哪儿窜来的一股风，冷不防的让老人打了一个不小的趔趄。老人被风“卡”在原地，蹲也不是，站也不是。那是一个十分尴尬的姿势。

那位老人的姿势，跟我看到那一棵棵苹果树上、样槐树上零零散散露在外面的花苞不正是一样的吗？！花苞被夏天的风卡住了，被夏天的阴云卡住了，被夏天没有迈开的脚步卡住了。花同样尴尬极了。花刚刚在冒出绿芽的枝头探出头来，不知道自己是缩回去呢，还是硬着头皮继续生长，绽放，再怒放呢？花把自己弄糊涂了。

很快，一个个花苞乱了脚步，羞羞答答地把自己的心事藏在叶子里，迟迟不敢跟夏天赴约，不敢跟夏天的云、夏天的叶子、夏天的大地会合。

走在夏天的村庄里。一个个花苞生长在树上，一棵棵树生长在大地上。那些挂满枝头的花苞在夏天乱了脚步，那些树呢？那一块一块的大地呢？那些做好备耕准备的牛马驴呢？那些在村庄绕来绕去的风呢？那些采完春天的杏花桃花，又准备采夏天的苹果花洋槐树花的蜜蜂呢？它们会不会一个个都乱了脚步呢?

不少村庄人，陆续靠近一棵棵苹果树，皱起了眉头；几只嗡嗡叫着落在一个个花苞上的蜜蜂，像是替一大群一大群蜜蜂探路似的，忽而落在这一棵树上，忽而落在那一棵树上，最后扫兴地飞远了；风呢，不知道又是从哪儿冒出来的，忽地吹一下，再过好一阵子，又忽地吹一下，纯粹忘了自己暖风习习的模样；至于牛马驴呢，静静地待在槽前，踩着碎步，一会儿嚼一口饲料，一会儿嘴巴伸进水桶里美美地喝上几口，闲吃闲喝，让牛马驴感觉很不好意思。

至于一块一块的大地呢，它们还能怎么样呢？这些日子里，村庄的人，风，牛马驴，蜜蜂，它们统统乱了脚步，被夏天卡住了，大地也便被夏天牢牢地卡住了。

让一切合上夏天的节拍，唯有静待花开。花儿不仅仅是春天的信使，同样是夏天的信使。真担心迟到的苹果树花、洋槐树花，错失了自己怒放的最佳时间，甚至来不及怒放就已经凋谢了。如果是这样，洋槐树会白忙活一年，苹果树会白忙活一年，蜜蜂会白忙活一年。还有，大地也会白忙活一年。

好在，天气终于还是一点一点暖和了起来，几乎是在一夜之间，一棵接一棵苹果树花，一棵接一棵样槐树花，怒放了！夏天一朵朵迟到的花朵迫不及待地一个追赶着一个的脚步，把迟到的那些脚步迈着大步追赶上来。比如，我看到那些怒放的苹果树花、洋槐树花，引来一群一群蜜蜂。它们的花儿是那么美，那么香气四溢，村庄人以及村庄的牛马驴却在一块块大地上拉开了架势，埋头劳作，顾不上欣赏。

不多几日，苹果树花已经谢尽。可是那些沟洼和塬畔上的洋槐树花还照样怒放着，一些早开的洋槐花还在飘舞着，落在地上，微风掀着花瓣慢慢滚动着，没完没了。村庄角角落落的洋槐花似乎想尽量多怒放一些日子，想尽快让迟来的夏天进入高潮，让牛马驴有所事事，让大地呈现出一片忙碌。

在这个动辄就会反季节的天气里，随着迟到了的花儿怒放过后，但愿大地上的丰收会如期而至。

回不去的涝池

我经过一个个村庄，涝池几乎成了每个村庄的“标配”。涝池位居每个村庄的中心，夏秋两季的雨水都顺着路旁的水渠流淌到了里面。

涝池让降落在村庄大地上来不及下渗的雨水，有了个好去处。一些雨水是从庄稼地里流淌出来的，一些雨水是从猪圈羊圈驴圈牛圈里流淌出来的，一些雨水是从路上流淌出来的，村庄角角落落的雨水，来不及渗入大地，都统统地流淌到张着大嘴巴一样的涝池里。涝池里什么水都有，有猪圈羊圈驴圈牛圈里的粪水、尿水，有庄稼地里禾苗生长的肥水，有村庄小路上的泥水。一场透雨过后，那么多的水聚集起来，整个涝池像个大旋涡，水面上漂浮着羊粪蛋、树叶、柴禾和我折的一只只纸船。

是涝池太大了、水太多了，还是村庄太宽阔了？靠近涝池并不会闻到什么臭味。相反，大雨过后聚满了水的涝池周围，一圈树梢挤着树梢的白杨树，叶子墨绿透亮，随风欢快地舞蹈。那些沿涝池周围生长的一棵棵树的根须，正在扎向大地的更深处，一棵棵树的根须一定比一棵棵树的叶子更欢快、更喜欢村庄的大地，它们尽情地伸展开来，根须挤着根须，正像树梢上的树叶挤着树叶，把整个涝池紧紧地搂在怀里。

在村庄，我一年去的最多的地方，除了沟里，恐怕就要数涝池了。夏天秋天，涝池里的水热突突的，我最喜欢跟村庄的小伙伴打水仗了，还好，涝池的水并不深，最中央的水不过淹到肚脐。涝池盛的是死水，静静地，不像站在流动的河水里，一旦水淹到肚脐位置，站也站不稳。跑进涝池的，除了孩子，还有不少青蛙，它们在水中游来游去。到了晚上，一片蛙声，从涝池传往整个村庄。冬天，涝池里的水结成了冰，我站在冰面上滑来滑去，或者坐在一片塑料纸上，被别的小伙伴推来推去。

村庄的涝池，是村庄最水灵的地方，像姑娘水灵灵的大眼睛，牵着村庄许多人前往。涝池的水清澈见底，蓝天白云和白杨树的倒影清晰可见。村庄人用涝池的水喂牛喂羊喂猪，也用涝池的水浇灌干枯的菜苗，姑娘们大盆小盆端着脏衣服、床单和被套到涝池清洗。很快，那一棵棵歪脖子树上便搭满了花花绿绿的衣裳。一件件花衣裳的倒影，在涝池里荡漾着。

一个村庄离不开涝池，涝池的水除了慢慢渗入大地外，其余的水几乎都被村庄人循环利用了。涝池的最大能耐就是留住了天上水，让缺水的村庄多了一份水的滋润。在黄土高原上存续的一个个涝池，恐怕比村庄最年长的老人年龄还大。蓄注了这么多年的雨水，下渗的也甚是缓慢。据说涝池里撒了盐，一个半亩大的涝池，如果撒一层盐，那需要多少盐呢？村庄每一户人家都或多或少经历过缺醋少盐的日子，对于涝池里撒盐防渗的说法，我至今持怀疑态度。何况，有的村庄，涝池的面积足有一亩大。

我发现，村庄的大小，人口的多少，直接决定着村庄涝池的大小。多年来，我一直想，如果每个村庄都不止有一个涝池，比如有十几个、几十个涝池，那么每个村庄会不会一下子多出许许多多的牛羊驴马，会不会一下子多出一块块茂盛的树林和庄稼，会不会一下子多出一些风和日丽、风调雨顺的好天气，会不会一下子多出一些好收成？我这样想的时候，每个村庄的涝池在数量上不仅没有增加，而且悄无声息地消失在村庄人的视线里，这对一座村庄来说是好事还是憾事呢？

回到老家，再也找不到童年那一座涝池了。村庄人说，村容村貌改造，有人觉得涝池碍眼，就把存在村庄几百年的涝池给填平了，上面还抹了一层厚厚的水泥，如今连涝池的痕迹也没有了。突然我觉得，村庄的涝池就像走出村庄的人呀牛呀马呀驴呀一样，再也回不去了。

我想，涝池把谁也没咋，让它像过去一样，默默地坚守着村庄的大地，上接天下通地，多好！

第二辑

黄土的形状

黄土的形状

一场大风东倒西歪地挺进村庄，我被大风吹歪；被风吹得更远的就是弥漫村庄的漫天黄土了。我被大风包围，我被黄土包围。

黄土，在天高地厚的黄土高原上，谁都觉得它们是平常的、普通的，平常得像村庄的禾苗、小溪、风、黄土窑、大黑狗、老柳树，普通得像一辈子在村庄来来去去的村庄人。其实，黄土一点也不平常、一点也不普通，黄土比村庄的人多得多了，黄土比头顶的云多得多了，黄土比包围村庄的风多得多了。

我对村庄黄土的敬畏，是由于黄土的形状。

黄土铺到了田里，它便是大地的形状。成为大地，就要有宽广的胸怀，承接每一粒种子，生长出村庄最好的收成。当然，仅有粮食丰收还不够，还要让鸡马牛羊成群，最好都是雄鸡、骏马、肥牛、壮羊；还要让大树成林，最好都长成参天大树，绊倒那些该死的狂风。

我绕着村庄跑一圈，村庄大大小小的树也绕着我跑一圈。

丰腴的黄土大地上，迎来一拨又一拨村庄人，他们挑选一块阳面山坡，就地平行着挖掘出黄土里多余的黄土，黄土便成了一孔窑洞的形状。窑洞里可以安家，安了家就该有烟火气息。先是垒三尺高黄土，再照锅底挖出搭锅的火塘和火门，黄土便成了一个土灶台的形状。如法炮制，筑起的土台，若是挖去中间一块块黄土，黄土便成了一个土炕的形状。

我添过柴禾的那个土灶台，每添一把柴禾，总是那么小心翼翼，总是担心土灶台会不会坍塌一块，让架在上面的那口铁锅掉下来。事实上，经过一天天的烧烤，那个土灶台是那么瓷实耐用。正是黄土那么瓷实耐用，村庄人把黄土夯筑起来，黄土便变成了许多墙的形状；村庄人把黄土在模具里踩实、锤平，搬起来经过晾晒，黄土又变成了土基子的形状（北方人用黄土打制的一种土坯子）。土基子垒高，像土墙一样结实和隔风，顶端架起木料，村庄里又一座土木结构的房子建成了。

我住在这样的房子里，钻进土炕门挖过填在土炕里的黄土。土炕周围是土基子围起的炕墙，炕墙内倒入黄土，填满，最后用黄土和泥，在黄土上面平平的漫一层，便有了炕面的雏形。这块炕面，是经过黄土两次变形而来，先是黄土变成泥的形状，再由泥的形状变成炕面的形状。

在村庄，黄土一旦变成泥，形状变化更是丰富。抹在墙壁上，黄土便变成了壁的形状；抹在房顶上，黄土便变成了屋顶的形状；抹在模具上，黄土便变成了砖瓦或者泥罐子、泥盆子的形状。

黄土的形状就是这么多变。多少年后，最让我不可思议的是，黄土竟然还能变成人的形状。记得那是大雪封村的一天，奶奶要到一户人家去给女主人接生，我偷偷地跟随奶奶前往。女主人临盆，我们被大人安顿在另一间屋子。听到婴儿“哇哇哇”的哭声，我们抢着要去看娃娃，冲进屋子，我看见那家女主人和孩子看似躺在炕上，那分明是躺在一层黄土上呀。待大人抱起孩子，给光着身子的孩子穿衣时，那黄土上清晰地印下了孩子的形状。

村庄人为什么要选择在黄土上分娩？我长大一点才明白，黄土在村庄人眼里是干净卫生的，尤其是经过烈日暴晒几日的黄土。待女人临盆前，将锤碎、过筛后的黄土均匀地倒在土炕上，把炕烧热，并填上柴禾，女人便坐在热突突的黄土上分娩。

黄土是多变的，它还能变成井的形状，山的形状，河的形状……

黄土看似是有形状的，实则是变化无常，貌似无形状的，这或许正是黄土的神奇和魅力所在。

黄土窑

一

黄土高原上最不缺的，就是遍地的黄土了。黄土地上不仅能生长出庄稼，还能生长出黄土窑。

客家围龙屋、北京四合院、陕西的窑洞、广西的“杆栏式”、云南的“一颗印”，被国际建筑学界誉为中国五大传统民居建筑。窑洞算是其中之一。

我不解的是，窑洞本该广泛分布于黄土高原地带的山西、陕西、河南、内蒙古、甘肃以及宁夏等地，建筑学界为何将窑洞仅仅当成陕西的传统地标建筑？更何况，与陕西毗邻的陇东庆阳，既是农耕文化的发源地之一，又属于一块中国黄土层最深厚的黄土高原，庆阳黄土窑为何迟迟没有进入中外建筑界的视野？

穿行在庆阳北的大山之中，伫立在遗存百余年之久的一口口黄土窑前，我感觉这源于黄土深处的黄土窑是有极强的生命力的。黄土窑的深度和宽度超出了我的想象：有深度达到几十米的，有宽度超过二十米的，窑洞里碾场绰绰有余。类似这样的黄土窑，虽已被废弃多年，但它们仍然完好如初，没有塌下来。村庄人讲这些黄土窑曾经“一窑多用”：前面住人，靠里面养牲口，中间安石磨磨面。

由于窑洞太深，越靠里，光线越暗。当年磨面的时候，即便是大白天，也要燃起油灯。

这么一口口深深的窑洞，应该不是一次性掘成的，而是经历了一个循序渐进的过程。牲口牵进去的那一天，窑洞便成了牲口的住所。牲口养在窑洞里，随时少不了粪便。主人便用黄土压住粪便，遮除异味。每一次所用黄土，便是取自继续掘进的窑土。每多一只牲口，便会多一份粪便，多取一份窑土。窑土累积成了粪土，粪土又源源不断地担运到了庄稼地里。就这样，牲口圈着，窑不断地掘着，只有运出的粪土，没有运进的黄土。不知不觉间，窑的深度，日复一日的向更暗处挺去。

我的设想，很快得到了村庄老人的证实。老人称以前的窑洞里人畜混居较为普遍，除了居住紧张之外，不排除防盗和防猛兽。

一路上，我总是在残存的一口口黄土窑旁边停留，思考四千多年前出现在黄土高原上的“穴居”，为何是“穴”而非“房”呢？仅仅是因为临沟崖方便取水和造价低廉吗？之前曾去过位于甘肃庆阳董志塬的南佐遗址、石道坡丝绸之路古道，沿沟崖周围，黄土窑的建筑痕迹密集，即便塌掉了，窑样还在。遗址附近出现的几千年前已被碳化了的一粒粒粮食，与黄土窑一同见证了人类在黄土层最深厚的黄土高原，掘窑而居、耕作乐业的过往。

庆阳的黄土窑，见得多了，不免让人生发出另一番感慨：黄土窑的建造，纯得除了黄土就是黄土，相对其他地方夹杂石料、砖块等窑洞而言，更具原生态之美。

原生态，这正是浓缩了庆阳黄土窑的全部魅力和精髓所在。

二

太阳升起，黄土窑的天窗，射进一线阳光打在窑壁上，暖暖的，十分惬意。村庄的白天是寂静的，静得可以听见吹过大塬或者沟壑的风声。远处的山头上，撑着一两棵身不长、头不大，已经有几十年树龄的“小老树”，像直立的扫帚，一动不动。村庄的人们，在大山的褶皱之中忙碌。

傍晚，黄土窑里，昏黄的油灯燃起，在院里玩耍的孩子，看见粘贴了麻纸的窗户上，火苗跳跃，人影浮动。那是劳作了一天，一身疲惫的父亲，正在吧嗒吧嗒抽着刺鼻的旱烟。

孩子跑进窑洞里，开始学着父亲的模样，一连串做出各式动作，一招一式，在窑壁上晃来晃去，或乖巧温顺似猫似兔，或凶猛彪悍如狼如虎，声情并茂。吵闹中，父亲一轱辘从炕上爬起来，清清嗓子，吼几声道情，窑里的油灯跟着一阵阵猛烈地颤抖。

黄土窑里，一对父子曾经的杂耍杂唱，不知启发了哪家的父子。他们尝试捧起一张麻纸置于油灯前，细观灯影神奇，来了兴致的父亲，在灯前演绎一场影子小戏。家里三四个孩子，顺手拿起凳子、碗筷、脸盆敲打。黄土窑里瞬时影影相跃，声声相叠，浑厚粗犷。

黄土窑里的日子是平淡寡味的，有人将一张牛皮，做成各种小人物，涂上颜色，配以乐器和唱腔，最早的皮影戏便横空出世了。

某一天，皮影戏搬出了窑洞，走向了更远更大的舞台，只不过，当初的清油灯、煤油灯被白炽灯泡取代。只不过，悬在空中的白炽灯太亮了，道情人在灯外遮挡了一层纸，这种古老的窑洞表演，至今依然遵循着窑洞里的光影原理。

不仅是在地处黄土高原的庆阳，即便在世界范畴，黄土窑也算是一种很接地气的民居了，黄土窑里传承下来的文化，也一个比一个接地气。

夜晚，油灯下，黄土窑里的母亲连夜给孩子缝补衣服上新露出的破洞。缝补过的衣裳，重重叠叠的针脚和补贴布，像窑洞的墙壁上父亲用泥抹抹上去的泥巴，没人感觉到扎眼。到了腊月，大雪覆盖大地，从村庄每一户窑洞的烟囱冒出来的袅袅炊烟，漫过大塬、沟壑。这时候，窑洞里最暖和的地方，就是热炕头了。临近年关，母亲急着要给家人赶制鞋子，厚厚的鞋底，每一针穿引都很不容易，套在母亲手指上的那一枚已经泛白的顶针，给每一针穿行起到了很大的助力作用，不过针尖还是很快老钝下来，母亲便执起针柄，在她那一头花白的头发上，一连向下拉磨几下子，又接着纳鞋底了。多少年后，这样的场景给我留下更多的还是疑惑：不知道那一枚枚针，在母亲的头发上拉磨后，它们到底锋利了没有？锋利了几分？

母亲连夜赶制出来的每一双布鞋，穿针引线前都少不了剪鞋样、粘鞋面鞋底等工序。随着一双双布鞋整齐地码存在老柜里，年近了。又是一个夜晚，淘气的孩子玩弄剪刀，剪布头，剪碎纸，母亲问孩子想剪什么，孩子满脸欢喜地说："我属牛，我要剪牛！"属牛的孩子话落，属马属狗属鸡属龙的孩子也抢着说："我属马、我属狗、我属鸡、我属龙……"母亲执起剪刀，试着试着，竟然是剪鸡像鸡、剪马像马、剪狗像狗，最后居然剪出十二生肖了。喜上眉梢的母亲，一遍遍叮嘱孩子父亲赶年集别忘了多买几张红纸，她要用红纸剪些生肖。年前母亲剪出来的鸡呀狗呀马呀的，孩子们爱不释手，不知道怎么放置是好，拿着怕破了，折起来又怕多了几道折痕，孩子们思索着思索着，大年三十就到了。门上贴上了春联，不知是哪个孩子灵机一动，把自己珍藏的生肖贴在了窗户纸上，其他孩子也纷纷效仿。母亲看见一番斟酌，皱起的眉头还是舒展开了。就这样，一张薄纸剪出来的一个个简朴生动的小窗花，让黄土窑里的年，格外喜庆。

村庄的黄土窑，像一个个历经沧桑的老人，稳稳妥妥地撑在黄土地上。黄土呈现的色调，紧随季节变化而变化，要么是暖色调，要么是冷色调。生活在这块土地上的人，勤劳而智慧，让黄土地充满美丽和神奇。一张纸、一把剪刀、一枚针、一根线，像变幻的琴弦，动动剪刀，抽象而跃动的剪纸成了，万物变成了纸的样子；动动针线，丰富多彩的香包成了，寓意深邃，巧妙无比。我曾经见过华池县双塔寺发现的一件“千岁香包”，它完全按照佛教经义，把浩瀚的佛法浓缩到了小香包上，时近千年，仍然色彩艳丽如新。

在黄土窑里给家人制作布鞋的每一位老母亲，出自她们之手的每一双鞋子，都少不了用剪刀剪鞋底、剪鞋帮的纸样子，然后顺着样子和面粘布，烘干压平再缝制的纯手工工序，自然，母亲们是最能耐得住黄土窑里的寂寞的，每一道工序，她们都追求完美。母亲制作鞋子的工序，与香包制作工序极其相似。所以说，我们能不能将曾经穿过的鞋子，亲切地称之为来自黄土窑里一件件精美的“香包”。或者换句话说，几千年前的布鞋，也算是如今香包的雏形了。

黄土应该是有根有魂的吧，要不，黄土窑里为啥源源不断地走出了道情皮影、剪纸、香包？黄土窑是孕育文化的，生长文化的，这正是黄土窑的另一番神秘所在。我不止一次的伫立在黄土窑之上、黄土窑之内，或者它的正对面，对于融入黄土深处的黄土窑，我们到底读懂了多少？

三

在南方或者国外考察者眼中，黄土窑的存在，简直就是不可思议。以至于他们已经站在黄土窑前，却不止一次担心黄土窑之上厚厚的黄土层会不会坍塌下来，开始是不敢迈进黄土窑，迈进黄土窑又东张西望，绝对是不敢住宿过夜的。对于这些研究者，我不禁发笑：想研究黄土窑，却总是惧怕黄土窑，如此这般研究着、恐惧着，想来这对他们将是何等煎熬。

自然，黄土窑不仅不容易坍塌，而且异常坚固。俗语说："有百年不漏的黄土窑，没有三十年不漏的厦房。"相对于厦房，黄土窑的寿命更长久。原因是黄土高原的土层是直立发育的，直立发育的土层有"立木顶千斤"的功效。

黄土高原的土层是直立发育的说法，理解起来颇为抽象。我们不妨穿行黄土高原，从司空见惯的黄土现象中一一了解。例如，我曾经在一处处遍布黄土窑的山沟里，偶遇过一些常年被雨水冲刷而形成的"土箭"，尖尖的，高高的，貌似大风都会吹倒的样子。奇怪的是，它们经历风风雨雨，依然安然无恙。谁也说不清它们屹立黄土之上有多少年了，它们总是那么一股劲地直指苍天。还有，在庆阳北石窟寺附近遥望过经风雨冲刷而形成的"天下黄土第一门"的人，也不难感觉得到天地造物无比的神奇。

黄土窑被黄土紧紧包围，黄土没筋没骨，它究竟是靠什么支撑的？按照力学原理分析，窑洞属拱顶式的构筑，顶部压力一分为二，分至两侧，重心稳定，分力平衡，具有极强的稳固性。

建于河北赵县洨河上的赵州桥就是属于典型的拱顶式建筑，黄土窑的牢固也有事实佐证。黄土窑之上有厚厚的黄土，麦子收割回来，堆放在黄土窑上面平平坦坦的场上，早些年是牛马拉着石制的碌碡打场，窑里人能够清晰地听见碌碡绕场碾过发出轰隆隆的声音，滚碾多年的场，瓷瓷实实的，犹如水泥路面一样，雨水渗不进去，这样既保护了窑洞，又能在上面打碾和晾晒农作物。后来有了拖拉机，拖拉机在黄土窑的场上拉动着更大的碌碡打碾小麦，窑里传来的声音更大了，黄土窑还是安然无恙。

黄土窑的牢固性和生命力，在村庄似乎一直没有人怀疑过。黄土地上的隧道建设，有没有受到黄土窑的启发？它们之间的力学原理是不是相同？还有，黄土窑的牢固性，除了土质之外，窑里的长宽高比例是多少才会更牢固？这些疑问，有谁能够告诉我？窑匠远去，我独自走过废弃多年的一口口黄土窑，留下一丝丝遗憾。

毋容置疑，黄土窑留下的疑问，亟待研究。起码，我们本土研究不能落后于国内研究，国内研究不能落后于国外研究。

忽略黄土窑，就是忽略我们自己。

四

我去过的一处处黄土窑，大多临沟崖而建，一层一层呈错开的阶梯形，一直从塬面上排到沟底。晌午，远远望去，炊烟一缕一缕地沿着黄土窑慢悠悠地升腾起来，在明媚的阳光下融入淡淡的白云之中。到了晚上，安顿好牛羊猪鸡，劳作了一整天的人们，早早熄灯歇息了。这时候村庄的夜伸手不见五指，视觉失灵，嗅觉却出奇的灵敏了起来，一股股炊烟味、饲草味、泥土味，迎风飘来飘去，这是令人陶醉的味道。这样的味道，只有村庄才有。

黄土窑依土而生，窑里土地土炕土灶台，迈出窑门脚下踩的又是土院子，被黄土包围的窑洞和村庄，经高粱扫帚、萝篱扫帚、糜子扫帚一遍遍刷扫过后，总是干净的，甚至是白亮的。

自然，黄土窑里降生的孩子，一生忘不了在黄土窑里被拴过的日子。农忙时候，家人趁早外出劳作。拴在窑里土炕上的孩子，饿了搬起脚丫子吮吸，鼻涕口水搅得满脚满手都是。突然，孩子似乎明白了什么似的，“哇”的一声大哭起来，哭得口干舌燥，哭着哭着，哭声渐渐轻弱下来，不知不觉又跌倒睡着了。

窑洞外的小脚奶奶听见孩子反反复复的哭声，蹬蹬蹬迈着碎步，到地里找见孩子母亲说：“娃恓惶的哭得厉害，是不是掉炕楞了？”母亲一溜烟赶回来，孩子果然掉地上了，母亲一把抱起孩子，摸摸头，摸摸脸，孩子又一次“哇”的一声大哭起来。母亲一边奶孩子一边抚摸着孩子的头喃喃自语：“我娃跌炕楞，吓我们大人里么！”

黄土窑里被拴过的孩子，至今有叫拴娃的，有叫拴儿的，也有叫拴牛的，一个“拴”字，在那个年代，流露出了身为父母的不忍。

五

黄土窑的建造时间颇为漫长，一口黄土窑从开工到竣工，中间相差一两年、两三年是常有的事。甚至，家已经搬进来了，前半部分生火生息，后半部分掘土造窑的工作还继续进行着。随着黄土窑深度的挺进，有一天牛羊被牵进来了，前半部分住人，后半部分当牛羊圈。一口黄土窑是个筐，啥都可以往里装。自然，随着另一口黄土窑的成型，牛羊才被牵了出去。

一个家，掘五六口、七八口黄土窑，大多数人都将此作为一生的追求，像是维系生命的一种依托。在村庄，黄土窑，曾经是一家人钱粮之外最富足的家产。哪一天，哪一个儿子婚后分家，老父亲给儿子儿媳腾出一口窑洞，让他们在此安家开灶，度过日月。哪一天，哪一个分出来的儿子有出息了，从父亲分给他们的黄土窑里搬出去，住进了自己掘的新窑里。儿子要搬走了，父亲默不作声，面孔上满是严肃，只是摆摆手，心底里却早已替这样的儿子高兴了一阵子。当然，暂时还没有自己新窑的其他儿子，父亲也不说什么，聚在一个院子里，一口口窑洞每一天冒出来的炊烟，依旧拥拥挤挤，热热闹闹地演绎着生命的图腾。

悄无声息地住进黄土窑，轰轰烈烈地搬离，那已经是很久以后的事了。不知从何时开始，黄土窑就好像是一种贫穷的符号。建新村，告别黄土窑，毫不拖泥带水。黄土窑情愫，为何说淡就淡、说断就断？

搬离的一口口黄土窑，都是父亲辈、爷爷辈、太爷辈，甚至是更远的辈挖掘出来的，一口窑住了几辈子人，到了自己这一辈，说搬就搬了。黄土窑的门窗卸掉了，山墙也拆了，留下孤单单的黄土窑，像一位掉完了牙齿的村庄老太，张口漏气。一阵阵凉风，窜进黄土窑打了个转，又原模原样地折返回来了。

猛地住进了新房子，脚下平坦，眼前亮堂，满心欢喜。谁知，经历一年的酷暑、寒冬后，才发觉房子不像窑洞那般夏凉冬暖。之前因为没有对比，黄土窑的这一优点，居住在黄土窑里的时候竟然没有体验到。

留有黄土窑的老庄院，随着一股“旧庄宅还田”风从村庄刮过，一口口黄土窑被毁了不少，整出来的山田却很少有人耕种。有一天，许多从黄土窑里走来的人，感觉所有的村庄，似乎都是一个面孔，既熟悉又陌生。无论身处哪里，感觉自己都像一个漂泊的外乡人。

终有一天，我惊叹：村庄老人一个个走了。随着送行的队伍来到一块墓地，掘地深处拐进一口墓窑，它是专门安置棺木的处所。这一口墓窑，不就是一口小小的黄土窑么？想想也是，黄土窑，是一代代村庄人安身立命的所在。人老了，也就应该入土为安，入窑为安。

后来，村庄人发现窑洞出现在一些农家乐或者旅游景区，被当成一个卖点在打造。利用过多的现代化建材建起的窑洞，太洋气了。村庄人走进这样的窑洞，不由皱起了眉头，认为这不是原汁原味的黄土窑，不是村庄人的乡愁所在。

或许，终有一天，身处黄土最深厚的高原上，待黄土窑消失殆尽，村庄人便渐渐找不到来时的路了。

或许，为了给村庄人留个念想，一座城市之北的广场上，还是矗立起了一尊特别高大的“大石人”，那人也是一个在黄土高原上曾经率领先民们挖掘过黄土窑的人，至今应该有四千多年了。那人叫不窋。

沟不在深

我们村，沿着弧形的大豁口，修建了参差不齐的窑洞。这些窑洞距离沟畔不远，一些人家的窑洞，已经排到了半沟里。住得越低，每天爬坡的路便越多。而且不仅仅是人走坡路，还有牛、马、驴。人挑着担子爬坡路，人便成了牛、马、驴。每次赶到塬上，我已经气喘吁吁。

临沟而居，沟有什么好的？如果说，沟是黄土高原的特殊地貌给村庄人的生存制造的麻烦，一拨一拨的人却远离平平的大塬，密密麻麻地居住在沟壑边，这岂不是村庄人自己给自己制造更大的麻烦吗？谜一样的沟，给村庄一个个孩子制造了麻烦。

打我记事起，我家的三孔窑洞，一下子从沟口跳跃到了塬上，坡路只剩下地坑院到塬上那一段。由于距离豁口较近，我常常看到围绕豁口周围的那些人家的窑洞顶上漂浮的袅袅炊烟，像雾一样地溢到了塬上，这时候，沟一眼望不见底，朦朦胧胧的。一座沟，装不下炊烟，是沟太浅了，还是沿沟畔住的人太多了？我不知道居住在最低处的人家，向我的方向望来，和我站在塬上看他们是否一样。

好些年，我不知道自己为啥有事没事喜欢奔到沟里去，沟像牵了我的魂儿一样。我家附近有两条去往沟里的路，一条是坡路，另一条还是坡路。只不过，一条相对宽阔点，树木伐倒，可以使三组杠子抬到塬上。另一条坡路，只能容得迎面而来的人避让开。相对平缓的坡路，七折八拐地才能通达沟底，而那一条陡峭一点的坡路，一口气可以跑到沟底。沟里去的多了，我往往会选陡峭的坡路下沟，选平缓的坡路上沟。

沟底是静谧的，可以听见鸟声、水流声、风声，周围还布满了远远近近的树，高的、矮的，直的、弯的，粗的、细的，像绿色的屏障，阳光稀稀落落地打在地上，不热不凉，可以打盹。一只野兔，一跳一跳的，捡吃刚刚露出新芽的嫩草；正在草地上捡虫子吃的野鸡，可能是被一只野兔惊动了，扑棱棱地飞走了。恰在这时候，几只鸟落在头顶的树枝上，欢快地鸣叫着，声音传到对面的山坡上，又折返了，像几只鸟对鸣。我喊了几声，对面山坡上似乎有人也向我连续喊几声。那都是我的声音。

在黄土高原，沟不在深，只要树一直长着，鸟一直叫着，小溪一直流淌着，阳光一直照着，风一直吹着，多好！树沿沟织出密密麻麻的针脚，每一棵树的根须都能够牢牢地织在黄土里；鸟在一棵棵树上筑了巢，树不会寂寞；小溪渗入泥土，让鸟儿饮水，让整座沟湿漉漉的、水灵灵的；风带着种子，播撒一抹抹绿色。总有一天，沟里的花一片接一片怒放，沟里的野果子一茬接一茬成熟，沟里的水流声一天比一天清脆……

在沟底，人似乎是多余的。沟里的小溪、野鸡、鸟、树和风，没有人打扰多好。它们就该顺着它们的样子生长，最好把整座沟生长得满满的，再把美好的事物永久封存起来，不给人留任何空隙。人就应该生活在塬上，一面平展展的大塬，足够人折腾了。事实上，我奔向沟里，扬着羊鞭的人奔向沟里，扛着斧子的人奔向沟里，不知道他们反反复复地奔向沟里干什么，难道沟牵住了他们的魂儿？

感恩大地

村庄是有生命的，比如，树，庄稼，鸡猫狗驴马牛，风，以及村庄的每一个人，这些都是村庄的生命。承接村庄所有生命的，便是村庄的大地。

一个人，一辈子的时光，不知不觉全部都流淌在村庄的大地上。村庄的许多人，哪里都不愿意去，村东头的人不会无缘无故的成为村西头的人，一个村庄的人不会无缘无故的成为另一个村庄的人。每个人都有自己的村庄，自己的村庄就是自己的家。一生中，真正到了离开村庄的那一天，他们仍然选择留在自己村庄的大地里。

生，为大地而生；死，为大地而死。

一个人，在村庄的一辈子，还有什么东西能比大地更重要呢？！行走在村庄的大地上，我被一场场风彻底吹醒。

风的年龄比所有村庄的年龄都大，风吹来黄土高原上的大地，风吹来大地上空的蓝天和白云，风吹来蓝天和白云之中降落的每一滴雨和每一片雪。大地上的生命，都缘于风的滋润。没有风，大地是干枯的，甚至是贫瘠而荒凉的；没有大地，风双脚会蹬空，一旦跑起来就没完没了，一块块蓝天和白云也就跟着跑个没完没了。风一定会被自己累死在半路上。正是有了大地以及大地上的村庄，村庄的狗呀牛呀羊呀马呀和大树，让跑着的风停了下来，让蓝天和白云停了下来，让头顶的每一滴雨和每一片雪降落了下来。

我知道，与村庄纠缠的一场场风，一定明白大地对于自己的重要意义。风不会拐着弯走路，它会努力地朝村子里的角角落落奔赶。它也不会总是把一场大雨降落在村子的西头，它也不会总是把一场冰雹降落在村子的东头。风像村庄的人一样，一辈子会给村庄带来不少好消息，也难免会给村庄留下不少坏消息。当然，风和人一样，在村庄的一辈子，都努力做好自己应该做的事情。

风都尽力了。

村庄走得多了，我发现，牛，大树，庄稼，同样都尽力了。

牛是多么温顺，它们犁地、拉磨、驮东西以及拉车，它们是那么听话，似乎闭上眼睛也知道自己该怎么做，它们对村庄比人还熟悉，很少走错路。牛一点也不牛。牛一辈子把所有的力气都留在了大地上。是谁让牛这么辛苦呢，是人还是牛自己？我尽管不知道牛心里到底是怎么想的，但我想牛一定知道，只有在大地上好好劳作，它们才能拥有更充足的草料和生长更强壮的体格。牛比人踏实多了，它们不会投机取巧，更不会耍奸使滑。无论哪一天，牛不管去了哪个村庄，到了谁家的田里，牛都不会忘了自己是牛。

树从来没有孤独过。山梁上的堡子，豁口周围的沟洼，这些地方的树，不一定都是村庄人栽植的，有村庄人到不了的地方，却没有风到不了的地方，那些人到不了的地方生长的许多树，一定是风播种的。那些树在风中生长，除了风能够靠近，谁也不会干扰它们，它们只是一门心思地朝上生长，似乎早已忘记了自己生长在梁上甚至半崖上。它们生长的劲头是那么足，像一个村庄人不论耕种哪一块农田，从未嫌弃那一块农田贫瘠一样。树在村庄不宜长庄稼的土地上安安静静地生长着，树梢、树身也早超过了村庄平坦的大地上生长的同龄的树。悬崖、沟壑、山梁，不管阳面还是阴面，这些地方都属于村庄的大地，风常常去光顾，不觉葱木成林，鸟雀择枝而栖。正是这些成林的树、成群的鸟雀和风，村庄所有的大地才不再孤独和荒凉。

村庄的粮食，一茬接一茬生长，村庄人从来没有耽误过哪一茬。粮食也明白，“汗滴禾下土”“粒粒皆辛苦”的道理，不管哪一粒种子种植在村庄的大地上，它们都会抢抓农时，拥拥挤挤地生长着，生长出粮食该有的样子，让大地丰收。在村庄，不知道传了多少辈子人了，每个村庄人都坚信“囤里有粮心不慌”“人是铁饭是钢”“一日不吃心里饿得慌”的道理，大地是村庄人的衣食父母，陪伴村庄人一辈子。有了粮食，村庄便会溢满炊烟，热气腾腾，鸡羊才能成群，猪牛才能膘肥体壮。每一年春节的春联上，也才会多一些“积粮万石”“牛羊满圈”“五谷丰登”“风调雨顺”等词语。这些词语，像一粒粒饱满的粮食，像一只只毛色光亮的牛羊，同样都是来自大地对村庄人的馈赠。

从村庄大地上走过的牛呀马呀驴呀狗呀鸡呀猪呀、粮食和树，浩浩荡荡地赶往村庄每一块大地，比村庄的人还多得多，比村庄的人还浩浩荡荡。它们你追我赶，把自己一生的劳作留在村庄。它们不只是为村庄人生长，更像是为大地而生长。它们没有辜负村庄每一块大地。

我是吃着村庄大地上的粮食，一点一点长大的，我，或者任何一个村庄人，一辈子对村庄的反哺，又能比那些粮食、牛羊、树多多少呢？终有一天，我发现村庄人囤粮食的那些或圆或方的粮囤被搬出屋子，破开，当柴禾烧了。是村庄人不需要囤粮食了，还是村庄人没有粮食可囤了？农民不种粮食了，村庄的大地上没有粮食生长，牛马驴羊猪鸡只能在养殖场看到，农民全部得买着吃，我突然感觉农民不像农民了，村庄不像村庄了。

是的，村庄里许多人不种地了，他们都指望着自己家所有的承包地被高速路征用、被村庄文化广场征用、被规模化示范种植基地征用……过多的土地被征用，意味着什么？是农民觉得种地太辛苦、收益太少，还是自己不需要种地、后代不需要种地？假若所有村庄的农民都不种地了，城里人吃的粮食从何而来，农民自己吃的粮食又从何而来？

一座座城市的郊区，那么多的土地被征用了，却迟迟未得到及时开发，一年年荒在那里。大地不像那些圈地的人，最闲不住了，每年长出了荒草，也长出了野菜。城里的人乐意去那里采挖野菜，他们尝到了属于大地的美味。

我父亲七十一岁，我母亲六十八岁。他们耕种着老家十二亩农田。我的父母亲是村庄的种地大户，我说如今村庄里的年轻人都不种地了，他们都老了还种什么呢?

父母亲说老家的土地养活了我们，在征用前，不敢撂荒。我的父母亲老了似乎有使不完的力气，他们也不计算种地的成本和收益，默默地种着那些土地。我有时候也在想，不让他们种地，让那些地怎么办呢，总不能荒了吧!

一拨一拨的人走了，村庄一下子空落落的。离开村庄，他们一定认为外面的大地更能养人。我不知道他们还会不会回到自己的村庄。如果哪一天回来，没有地可种了，他们住在村庄，还属于村庄真正的农民吗?

我离开村庄，在城里我看到了麦子、玉米、高粱在石磨坊现场加工，磨出的面粉加工成了馒头和面条，许多城里人青睐这些所谓的绿色食品，排队采购。这样的情景见得多了，不知道为何，我一点也高兴不起来。因为，我觉得这些粮食或许并不是来自我黄土高原上的村庄。

只剩下树坑

走着走着，我看到村东头的山坡上缺少了一棵树，那里只剩下一个树坑。从坑的大小判断，在这个树坑里曾经长着的树头的大小，树身的粗细，甚至这棵树的树龄。现在树没有了，只剩下孤零零的树坑露在那里，跟周围依然成长的树相望。

不知道树会不会像羊一样，羊一旦看见同伴被人宰杀，整个身体会发抖。我不知道羊是气愤还是害怕，羊毕竟是长着眼睛的，它们看着同伴被人宰杀，一定会担心自己也会不会遭到人的宰杀。而树呢，树是没有长眼睛的，但相邻的树是根根相连接的，它们就像一个个邻居，在大风里、大雨里曾经相互照应、依靠。当它的树邻要被人挖倒了，挖树人的每一利刃落在杂乱交错的根须上，树邻会不会疼呢？我想树应该和那些羊一样。它的树邻也一定抖动了身子，那可不是风吹拂着树叶抖动。

我常常想，一个人来到村庄的时候，跟一只羊、一棵树来到村庄，本质上并没有什么不同。人与羊、树来村庄都是为了向上生长，向着能够照着太阳光的地方生长，并长成人该有的样子、羊该有的样子、树该有的样子，这才是一个完整的、活泼的、幸福的村庄。

我熟悉村庄的每一棵树，树是能够给人帮忙的。比如，村庄有一个大大的豁口，豁口下面是一条浅沟，浅沟里长了不少树；沿着豁口靠上的平台上排开一溜窑洞，窑洞里住了不少村庄人。不论站在豁口的哪一面，住在豁口周围的人都被一棵棵大树隔着，谁也看不清谁。但住在豁口的人常常隔着一片大树、隔着一条沟喊话，对面的人听得很是清晰。

隔树喊话，人的声音沿着树叶跑，沿着树梢跑，沿着树与树之间的缝隙跑，树自然能够替村庄人传话、捎话。只闻其声，却不见其人，真是有一番“只在此山中，林深不知处”的美妙。诗人若是来到村庄，一定也会留下这样美妙的句子。

村庄人与树的情结，跟村庄人与羊的情结、与庄稼的情结、与每一件农具的情结都是一样的。情结像树木扎进大地的根须一样，是很牢固很牢固的东西，并能够沿着大地、沿着根须一点一点挺进更多的村庄。一个村庄人一辈子不栽植几棵、几片像样的树，一辈子便是不完整的。倘若哪一天，哪一个缺了树的村庄人，便会缺少了树木对后代的护佑——一个村庄人整条庄找不到他的父亲、他的爷爷、他的太爷栽的树，那是异常尴尬的事情。

真的，一棵树长着长着，只剩下树坑露在地面上，那是很刺眼的。露出的树坑，比谁在一棵树的树身上留几道斧痕还刺眼。我不知道树已经被挖走了，为什么却要留一个树坑在那里，让别的树看着不舒服，让我看着不舒服。我也不知道村庄人挖树，为啥都要把一条根一条根挖出来，胡乱地扔在太阳下暴晒，像把一条条鱼儿扔在岸上暴晒。树一辈子多不容易，经历了那么多风那么多雨，连点根须也不能留在村庄，树不疼痛么，树邻不疼痛么，整个村庄不疼痛么？

我不知道，一棵树的树龄到底有多久远，比一个村庄久远还是短暂。让所有的树，和所有的村庄人、所有的羊、所有的庄稼一茬接一茬地好好生长、好好成熟，谁也不要把谁孤零零地撂下，这是多么美好的事情！可是，只剩下树坑，树坑周围的黄土会孤独的，树坑上空的蓝天和白云会孤独的，还有村庄残存多少年的那一个大豁口也会孤独的。

站在那一个树坑前，我想周围的树不仅少了一个树邻，而且还可能少了一场风，以及一场风中落下的一场透雨。

远逝的农具

一

还记得吗，中国出土的第一块旧石器，它是一块万年之前人类在北方使用过的打砸器。人类用它曾经打砸过猎物、树木，甚至是坚硬的石头。

一块石器，重重地落在另一块石头上，要么被更坚硬的一块击碎，要么散发出一道道火星，穿过黑夜。一件件石器一次次撞击，给人类尝试“钻木取火”提供了一种可能。

有火的地方是温暖的、安全的。古人类用火烤熟了猎物，驱散了猛兽。我想到教科书中关于古人类的一些画面：他们小心翼翼地行走在草木葳蕤的荒野中，一只手紧紧地握着一块坚硬的石器，另一只手紧紧地握着一根木棒，如同村庄人日出而作日落而息随身携带的农具，形影不离。

在这里，我不想将目光仅仅停留在农具本身，我想尽可能地扩大这个概念的外延。比如，陪伴古人类从旧石器走到新石器时代，从狩猎到农耕文化的那一件件石器、那一根根木棒。它们的出现，承载了人类源于黄土深处的文明。

尽管这些器具与农耕文化毫无关联，甚至极其简陋，但是这些器具为人类文明的过渡所起到的作用，如同太阳、空气、山林、小溪，不容小觑。

我不知道，与旧石器相比，古人类手中那一根根木棒，算不算也是一种木质的“旧石器”。木棒的作用，大概是用以获取猎物、取火、防范猛兽袭击吧！只不过，万年之前的木棒，都融入了泥土。唯有那一块块旧石器，留在黄土大地的深处，成为农具文化的雏形。

二

没错。旧石器为新石器的出场起到了投“石”问路的作用。石器的种类多了，做工就显得更为精细。斧是斧，刃是刃，柄是柄，盆是盆，罐是罐，孔是孔。

在黄土高原上的西峰区南佐遗址展览馆，新石器时代的器具颇为繁多，有各类陶器，有碳化了的一粒粒粮食，有一把遗址周围出土的陶泥抹，有人类祭祀敲击的石磬。这些都算是黄土大塬上了不起的发掘和发现。

无论哪一种石器，哪一粒粮食，都是人类在黄土大塬上耕作留存的痕迹和见证。它们是一种跨越千年的文化，是一种传承千年的文明，古老而不失活力，直观而不失智慧，质朴而不失深邃。

自然，农耕文化是颇有传播力的。先民们朝天一把籽，种瓜得瓜，种豆得豆，自食其力。石制的农具，有的是用以耕种的，有的是用以收获的。农具相撞，发出哐里哐当的声响，也不知道碰碎了多少棱角。

石器一旦作为农具，笨重，使唤起来并不得心应手。需要挖掘的耕地，挖掘效率一定很低；需要收割的粮食，茎秆一定很难割断。于是，收获季节，种植者只是采集走了粮食，剩余的秸秆，就地烧毁，灰烬用作肥料，以便来年再耕种。这便是历史上的“刀耕火种”。这种耕作方式，虽然近似原始，但或将是大地循环耕作中无法回避的一种无奈。

“刀耕火种”的耕作方式，产量自然也就不高，俗称：“种了一坡，收了一箩。”粮食接应不上，有些时候还食不果腹，饥饿难耐。遇上冰雹、冻灾等天气，人类就显得更脆弱了。

千年之前，一件件笨拙的石器，人类将它作为耕种粮食、延续生命的农具，那些农具的硬度，恰似人类坚不可摧、战胜自然的品德。不知道人类借助它们耕种了多少粮食、养育了多少生命？不知道“刀耕火种”酿成了多少意料之外的灾难？也不知道有多少件石制农具在时光的长河中流失殆尽？

三

石器革命，源于冶铜、冶铁文明的出现。当然，铜铁在古代是异常稀罕之物，聪明的匠人先打出来一根铁凿子，铁凿子在石块上凿孔，凿去多余的石头，让一块不规则的石头变成一副绝佳的石质农具。

黄土地上流传下来的石槽、石磨、平顶锤子，无一不是用铁凿子在石块上打凿而成的。长长的石槽，可以盛水、盛饲料，同时可以供多匹牛马驴和骡子饮食。牛马驴和骡子拴在一孔窑洞里，没等主人和好食料，它们便争先恐后地抢食，像孩子喜欢抢着吃饭一样，慢了就没了。

在村庄，“抢槽子”这一个词语，谁都知道是大人说懵懵懂懂的孩子，要他们吃饭吃得乖。于是，有不少父母还特意给自己的孩子起了小名叫“猪娃”“牛娃”“虎娃”“狗娃”的，在村里呼喊了一辈子。这样的比方，听起来是粗俗的，但父母却总是期望他们的孩子会像猪牛虎狗一样健康、壮实。之所以没有人将自己的孩子叫“鸡娃”“猫娃”“兔娃”的，原因就在于它们吃得太少，吃得不够乖！

有了“抢槽子”这一个词语，村庄所有的石磨子也就似乎一直没有消停过。白天，孩子上了学堂，大人牵着牛马驴下了地。一到晚上，驴被蒙上眼睛拉起了石磨磨面。几百圈下来，大人想到地里还有不少东西要驮，驴也该歇着了。

驴换下来，孩子轮着上。大点的孩子一个人推，小点的孩子两人一组。磨出来的面，明天就要下锅。谁也不敢怠慢，谁也不敢偷懒。一圈一圈地推着，最小的孩子瞌睡了，耷拉着眼睛，踉跄一步，差点栽倒。孩子们的一天，带着疲惫进入梦乡。

农闲的清晨，天麻麻亮，父亲还在借助微弱的灯光给别人家打基子，一块基子几分钱的工钱。打基子，费力就费在那一件石制的平顶锤子上，锤子有几十斤重。打基子时，把模具放置在一块平整的石头上，撒上草木灰，倒上三四铁锨湿土，用双脚跳着踏实，再用锤子捶打瓷实，立起来，摞十来层高。晾干，甚是牢固。

从一块并不起眼的土基子上，除过看到那个打基子的人额头上的一滴滴汗水渗入黄土之外，你能看到什么呢?

四

对了，在铁仍然紧缺的时候，纯木质农具悄然出现在村庄的各个角落。这是一个十分有趣的现象。

比如，打基子用到的那一副模具，就是纯木质的。

犁地的犁，播种的耧，磨地的磨，运送工具独轮车、架子车、马车，估算收成和产量的斗和升，装粮食的囤，扬场的木锨，打场用的木叉、兼叉、风车，晾晒粮食用的木耙子，精选粮食用的簸箕和筛子，用来锤出豆子、菜籽的梿枷、棒槌，纺线用的织布机，厨房用的风箱、马勺、木勺、蒸萝、荆底、盘子、档子和捣蒜砸调料用的僵窝窝，这些纯木质的农具，太多了，或编制，或卯卯相套，或雕刻，轻巧便用，一口气说也说不完。

我不知道，史学家根据劳动工具的质料，为何仅将人类的发展历史划分为石器时代、铜器时代和铁器时代，木器的集中亮相，又会出现在哪一个时代？我想，木器应该伴随了各个农具时代，只不过，因为木器容易腐朽，很难在考古发掘中发现，因此给人一种错觉：石器时代使用过的农具是石器，而没有木器。石器时代出现了木器，铜器、铁器时代同样也会有木器的一席之地，这是为何？原因是较铜器、铁器的取材而言，木器取材更是随手可得。

或许，许多年后，待所有木质农具消失殆尽，后来者会质疑曾经木器的便捷和耐用。实际情形会怎么样呢？假设现在正是播种的好时节，紧随村庄人一声吆喝，牛拉着木料打造的耧开始下地播种了。手握耧具的村庄人，牛稳步前行，他们紧随其后平稳匀速摇摆耧具，用绳子拴在耧具内的木疙瘩打的耧壁发出咣当咣当的声响，一粒粒种子顺着与田地接触的出籽孔，均匀地入土了。

耧具播种完了，荆条编织的耱该耱地了，将入地的种子用一层薄土盖住，免得种子露在地皮上，不能正常发芽、出苗。耱地也是一项技术活，村庄人站在耱具上，两脚分开，手里攥着牛缰绳，牛像拉耧一样拉着耱耱地了，牛走得稳稳的，耱上的人也站得稳稳的。

正在村庄人等着田里出苗的日子，一场大暴雨不期而至。大雨过后，太阳出来，刚刚播种的田地像穿了一层薄薄的盔甲，种子被裹在下面，难以发芽。这时候，村庄人又需要耱一次地了。

这一次，大多村庄人不是用牛拉耱，而是人拉。在地头玩耍的孩子，瞅见是大人要拉耱了，乐不可支，一溜烟跑过来，嚷着“我要踏耱我要踏耱”。搁在往常，若换成牛呀马呀的拉耱，孩子是不敢踏耱的。

村庄人应允了孩子的想法，让两个年龄相当的孩子站在耱上，父母亲开始拉耱了。走了没几步，两个孩子屁股坐在了地上，哈哈大笑，他们的父母亲也嘿嘿地笑着说：“你们两个坐在耱上，保准摔不下去。”果然，坐在耱上的孩子，觉得好玩极了，屁股不时转来转去。刚耱过一半地，孩子觉着耱地没趣了，喊着他们不耱地啦。父母亲怎么哄，他们也不愿配合了。这时候，灵机一动的父母亲，拿出两个蛇皮袋子，装上土，压在耱上，才将整块地耱完。

五六天后，地里出苗了。到底是庄稼人，种出的庄稼一行行，直直的，出苗均匀。看着这一块块绿油油的田地，谁还会相信这纯粹来自一件件木质的农具呢？我们吃着一粒粒粮食，再读《悯农》这首诗，心底又会不会滋生出另一番滋味？

五

镰刀、锄、铁锨、镢头、铡刀、斧子、锯子、锤、钻、耙等农具，无一例外都安装着木把，铁是锋利的，木是廉价轻巧的，铁与木合作而成的农具也就随着铁的普及而大量出现。

曾经一度，村庄人的石器、木器并未消减，不少还保留了

村庄的大地一直是忙碌的，从春天开始，便把自己装得满满当当的。

下来，继续使用。只是近些年机械化的推广，不少这样的农具才逐渐闲置下来，陆续进入了本土化农具博物馆。它们不是挂在墙上，就是靠近墙壁一溜一溜地放置着。

人间有烟火，万物含五行。村庄人曾经使用过的一件件农具，不由让人惊叹万物的奇妙：石器、铁器、木器在人类较为常见，那么，土器呢，有没有？或许有人会立刻想到曾经在村庄出现过的土灶台、土坯炕和冬天的菜窖。这也算，但比它们更超出人们想象的，恐怕要数黄土胶泥水窖了！

黄土大塬，最怕的就是大旱了。遇到旱年，庄稼不仅减产，甚至绝收，人畜饮水也就没了保障，要到几十里之外驮水、拉水、买水。一户户村庄人自古惜水如粮食——人不能一日不吃，家里不能一日无水。

有粮不愁囤，而水呢？那些年不像如今，用沙子、水泥漫一下水窖窖壁，任其水存多久也不怕下渗。怎么办呢？聪明的村庄人在沟底打窖，在村庄采集胶泥土，和泥漫在土窖窖底和窖壁上，用棒槌捶打瓷实，蓄到雨水，果然不下渗。

农闲日子，村庄人为了给黄土窖漫上一层胶泥，牵着驴子或者骡子，沿细细的河水走了很远很远，寻找、驮回一筐筐质地上乘的胶泥土，卸载在黄土窖口附近暴晒。几日后，再狠狠地用农具将土块击碎过筛，挑拣出石子、草根等杂物，和出劲道十足的胶泥，不软不硬，漫在窖壁和窖底。这样的胶泥经久耐用。

有了黄土胶泥水窖，村庄人恨不得将所有的雨水和雪水都收集到窖里。收集雨水容易，而收集雪就颇费周折了。冬天若降落一两场像模像样的大雪，太阳露出前，要把周围的积雪用农具运送到窖里，窖已经堆满了，村庄人还是舍不得每一粒雪，堆得高高的，尖尖的，远远望去，像几个白白的烟囱，撑在沟壑之间，鸟雀落在上面，啄雪而饮。

冬日里，无论碰到什么样的天气，窖底、窖身位置的积雪还是最先消融了，清澈的雪水之上堆积着一层厚厚的积雪。村庄人顺着积雪打砸出一个孔，打出一桶桶渗冰渗冰的雪水，挑回家中。

窖口部分的雪随着气温消融，又随着气温冻结，循环往复，直至第二年春天，天气大暖，冬天的积雪才融化彻底，并一滴滴淌进窖里。这一窖窖雪水，竟然供一户户村庄人熬过了一年中少雨的前半年。

多年后，远离村庄的人，村庄的年轻人，几乎没人相信一口口爷爷辈的黄土胶泥水窖，它那小小的窖口下，竟然潜藏着壮硕的窖身、窖底，借窖口的光亮，整个窖酷似一个倒扣的大喇叭，直直地挺进黄土地之下五六米的深度，欢快地唱响生命之歌。

六

在庆阳董志塬，有粮仓之称的黄土大塬，在萎缩（唐朝时董志塬东西宽 32 千米，现在东西宽 17.5 千米）。村庄人曾经使用过的农具，在流逝。若千年之后，这面大塬上，塬面还能有多大，还能留下曾经多少件农具走过大地的痕迹?

“我是谁？我从哪里来？我要到哪里去？”作为一个哲学命题，我想说的是，我们每一个人，在幼时开始知道自己是人的那一天，还以为自己真的像父母亲所说的那样——“我娃是石头里蹦出来的”。

石头是神秘的，它护驾古人类走到了现在。

现在，你能否告诉我：移动鼠标，或者移步农具展览馆，你正在了解中国北方哪一件农具?

我记得那些带风的游戏

夏天的风停下来，几天不吹，村庄到处都是翠绿色的，干净得像被雨水清洗过一样。我们童年喜欢玩的不少游戏，一个个都带着风。这些风，跟吹拂过村庄的一场场风不同，它是游戏自身发出来的一种特别的声音。一回想昔日的游戏，这种声音便在耳畔响起。

打土仗，几乎是北方孩子们一个随时随处都可以进行的游戏。游戏规则以一方用土疙瘩打退另一方为赢。每个土疙瘩鸡蛋般大小。太大了，扔不远，击不中目标，即便能够击中，杀伤力太强，容易将伙伴打伤。所以，土疙瘩宜小不宜大。打土仗，两人便可以开战，人多了，平分人力进行。黄土高原上的村庄，最不缺的就是遍地的土疙瘩了，土疙瘩成了投向伙伴们的武器。这些土武器若打在对方身上，自然很疼；打在头上，轻则起包，重则流血。双方一旦开打，土疙瘩便像子弹一样射向对方，大家边躲闪边迅速捡起土疙瘩扔向对方。我听见一个个土疙瘩从自己耳畔飞过，发出风一样的声音。有时候是“嗖”的一声，有时候是“嗖嗖嗖”的几声。我们想灵活躲避对方扔来的土疙瘩，不仅要靠眼睛，还要靠耳朵。可谓“眼疾耳快”。否则，又一个伙伴一定很快会在战事中“阵亡”。自然，这种游戏是危险的，搁在今天，大人们是绝对不允许玩的。不知道是那个年代的孩子结实呢，还是灵活度很大，一块块土疙瘩打不着？现在闭上眼睛想一想，“嗖嗖嗖”的土疙瘩像子弹一样射向自己，着实令人害怕呢！

那时候，我们打的一场场土仗，并没有因为危险而停下来。

本是风和日丽的天气，却硬是让我们打土仗打得乌烟瘴气。这时候，不是一方将捡拾的土疙瘩扔完了，就是一方实在招架不住举手告饶了。双方伙伴个个灰头土脸，头上流淌的汗水在脸上流出一道道泥痕。在阳光下，满脸满身的泥土，用力拍打几下子，整个人又被飞舞的黄土包围。我不知道，黄土高原上的孩子，他们的鼻子嘴巴头发要吸收多少黄土，从他们的衣服上又能掸出多少黄土，又有多少带风的游戏离不开黄土呢？

村庄里，那些一层一层的梯田，从上面一层走到下面一层，大人们都是绕到地头走下去，而孩子们硬是要跳下去，觉得跳下去是捷径。高度嘛，低则一米多，高则三米有余。几个孩子并排站着，弯腰朝下瞅瞅。一个孩子问谁敢和他一起跳。有孩子说，这有什么不敢的，我还跳过比这更高的呢！说着，朝前一步，双脚腾空，“嗵”的一声，跳了下去，地上被踩踏出两个深深的脚印。跳下去的孩子跑到一旁，朝上面的孩子喊，跳呀，谁不跳是怂包。上面的孩子看到跳下去的孩子没事，“嘣嘣嘣”的一个接一个像弹出的石头一样，“嗵嗵嗵”的一个接一个落地。我跳出去的时候，感觉自己像飞起来了，两个胳膊像小鸟的翅膀一样展开来，耳畔一股股风“呼呼呼”地吹着。事实上，我还是没有能够像小鸟那样慢慢悠悠地飞，耳畔那股风也并没有把我吹远，我重重地落到了地上，下巴磕在膝盖上，下巴疼，舌头被牙齿咬了一口，也疼。这是我第一次跳下去，尽管我觉得这种游戏一点也不好玩，但跟小伙伴们一块跳高，却不是我最后一次。记得有一次，下面是硬硬的路面，跳下去双脚、双腿发麻，竟然一时站不起来。吃了这次亏，幼小的我才突然顿悟，之前跳下去的梯田都是虚土，是黄土温柔地接住了自己的双脚，并不是自己有多么胆大和勇敢。有了这样的认识，这种跳高，随着我渐渐长大，体重渐渐增加，我便很少再玩了。反正，我觉得认个怂不少什么，硬撑的话，疼痛的却是自己。

好些年，不知道是村庄太安静了，还是孩子们的玩具太单一了，从泥土里也能探索出发声的游戏。这些能够发声的游戏，自然也是带风的。比如，用黄土和泥巴做摔炮。做法极其简单，将黄土和成泥巴，不软不硬，太软太硬都摔不响。和好后，用手将泥巴捏成一个圆形的烟灰缸形状，倒扣着使劲摔下去，底部冲裂开的口子越大，泥巴炮的声音便越响亮。孩子们一个接一个地使劲摔下去，一声接一声酷似连环炮。一次，我摔下去的时候，却成了哑炮，遭到大伙嘲笑。我知道，我的泥巴炮之所以摔成了哑炮，不是泥没有和好就是摔歪了。于是我把泥巴揉了再揉，捏成又一个烟灰缸型的泥巴炮。这次摔下去，不但响了，而且几乎把整个底冲得全部裂开了。我感觉星星点点的泥巴有力地飞溅到我的脸上，像风吹着村庄的泥土打在脸上一样麻麻的。我想，这泥巴炮里一定钻着一股风，我把泥巴炮摔到地上的瞬间，是风把泥巴炮的底部冲裂开的。

在黄土高原上，风的神奇不只在一个个泥巴炮上。比如，风把雨点吹斜，风把树叶吹落，风把大树吹歪，风把大山吹绿，风把孩子吹跑，风把土墙吹残。风吹到哪儿，哪儿就不全是风的声音，所有的声音都是不一样的。比如风吹到了泥巴炮里，风就变成了叭叭的声音；风吹到雨滴上，风就变成了噼里啪啦的声音；风吹到落叶上，风就变成了窸窸窣窣的声音；风吹到村庄，整个村庄的泥土都欢快地叫起来了。

那么，如果有一股风吹到纸上，风又会变成什么声音呢？取一根细绳子，一头系上一小块石头，将一块正方形的薄纸（最好是作业本纸）对折成三角形，轻轻地夹在靠近石块的位置。然后，手持着绳子的另一头，缓缓地轮起来，再加快转速，轮得越快，纸发出的声音越大。这也是我记得的一种带风的游戏。

黄土高原上的村庄，多风，多土。正是这些风和土，能够使一个村庄人一辈子都不会忘记那些带风的日子，包括自己玩过的一个个游戏。

炊烟的味道

村庄的许多味道，都是通过炊烟传递的。

炊烟从烟囱冒出来的时候，我不由地深深地吸入一些，闻闻是什么味道。有可能是饭菜味，也有可能是柴禾味。我喜欢闻我家的炊烟，我也喜欢闻别人家的炊烟。

有炊烟的地方才是村庄。炊烟像长了腿一样，它能跑到村庄的角角落落，把村庄笼罩的严严实实。炊烟一旦跑到村庄的上空，便不分哪些炊烟是你家的，哪些炊烟是我家的；也不分哪些炊烟是村子东头的，哪些炊烟是村子西头的。每一天，当村庄所有的炊烟撕扯在一起，就形成了一个村庄的人间烟火。

村庄的炊烟，一缕缕都烙印着村庄的标签。哪家炒的是葱花，哪家炸的是油饼，哪家炖的是大肉，这些味道我都熟悉。因为炒的葱花都是自家地里生长的，炸油饼的面粉都是自家小麦磨成的，炖大肉的黑猪都是自家地里的粮食和青草喂养的。这些食材都来源于村庄的大地，灶膛里添加的每一把柴禾，也都是村庄大地上生长的秸秆，大地里生长的食材和秸秆，总是混杂着浓浓的泥土味。当炊烟摇摇摆摆地飘到村庄上空，炊烟中也就混杂着淡淡的泥香味。大地，维系着村庄的烟火。

在村庄，炊烟来源于大地，它是纯自然的，没有任何污染。炊烟的味道，也都是来源于大地的味道。不同的粮食烧煮、搭配，又会酿出另一种味道。像村庄的酱油、酸醋、黄酒，都是用村庄的粮食酿造的，飘出来的都是粮食和大地的味道。

村庄的不少伙房，土炕连着灶台，二者又都是通过同一个烟囱向外排烟。其实，我更喜欢烹饪饭菜的炊烟，它馈赠给我更多的是一份味觉上的享受。这些特别能够触动我的味道，并不是每一天的炊烟里都有。大多时候，村庄人吃的都是没有一点油水的饭菜，蒸馒头、煮面条，烧开水飘出来的都是水蒸气，对味觉没有多少刺激。能刺激味觉的，大都是些炒的、炖的，但这样的味道，唯有过年的时候才有。

当然，不能给我传递味觉享受的烟火炊烟，我也并不反对。大多时候，它能够给我带来温暖。比如，寒冬的土炕，村庄人都用柴火烧炕、煨炕，烟囱冒出丝丝缕缕的青烟，风吹着迎面扑来，特别的呛鼻。若是混合着牛粪羊粪煨炕，尽管没有刚刚排出的粪便那么刺鼻，但是这种烟味，绝对称得上村庄才有的一种特别的炊烟。好在，这样的炊烟都在夜晚飘来飘去，到了白天，村庄上空飘散的菜香，很快就遮掩了夜晚炊烟的味道。

一个人在村庄的一生，便是日复一日追随炊烟的一生；和更多炊烟纠缠在一起，一个人的一生才充满更多烟火气息。一个村庄离不开炊烟，炊烟是村庄的根，没有炊烟的村庄是冷冷清清的。我愿意站在风中多闻一闻村庄每一缕炊烟的味道。

土堆上的萝卜

村庄的萝卜种在土地里，长得慢慢腾腾的，拔出来也显得不够粗不够长。若种在一堆闲置的土堆上，萝卜长得可就是另一番模样了。又粗又长不说，比土地里的萝卜看起来也鲜嫩多了。

村庄人都有拉运土的习惯。拉运回的土晒干垫羊圈、牛圈和厕所。经过垫圈的土沉淀成了绝好的农家肥，再拉运到农田里。土堆是农闲时间从废弃的老庄园一架子车一架子车拉运回来的。架子车是两轮的，有长长的车辕和车厢。北方还没有架子车高的孩子，从小就会拉着架子车满院子跑了。我已经上了小学，拉土的任务，自然也得替家人分担了。

拉运土不算是正活儿。都是吃饭前后，有空就要去拉运几趟的。村庄人在田里干农活累了，回家吃饭的间隙，竟然把拉运土当成一种休息。常常听到一些大人对放学回家的孩子喊："我娃学习学累了，走，拉几回土歇歇！"待饭熟了，拉土的人已经悠悠闲闲地跑了几趟子；饭毕，孩子撂下碗上学去了，大人们匆匆忙忙地去地里忙活了。

我家院子里的土堆大概是几百架子车的土堆起来的，足有一人那么高。土堆上种萝卜，这也不是谁家的独创。村里人几乎都知道，土堆上最适宜种萝卜了。一处处土堆一下子成了村庄多出来的一份份萝卜地，这些多出来的地，若连接成片，那也相当宽阔了。村庄人种地就是这样，见缝插针，能够种植的地块一点也不错过。田埂上，栽植了多年生的黄花菜；庄前屋后，能栽树的栽树，能种菜的种菜。如果偌大的土堆一旦闲出来，不种上萝卜，那就像一块土地里空出来的一块荒地，在村庄人眼里，这与浪费粮食没什么区别。

令人不解的并不是那一堆土，而是土堆上种出来的萝卜为什么跟土地里种的大为不同呢？都是村庄的黄土，都是村庄的人，点种的都是村庄的土地里收获的萝卜籽，长出来的萝卜也都朝地下生长。土堆上的萝卜，冒出的叶子像兔子的耳朵高高地竖起来，比土地里萝卜的叶子扎眼多了。由萝卜的叶子我想到了村庄的树。若哪棵树树头展开得越大，树的根须也就扎得越深、越远，整棵树也就越牢固。

是的，土堆上一根萝卜也像一棵树一样长出了茂盛的叶子，罩住了相邻的叶子。一片叶子划过另一片叶子，不时迎风传来一阵阵沙沙声。这一定是土堆下萝卜生长的声音。

果然，土堆上的萝卜纷纷从地面上露出了一截。经过阳光几天的照晒，露出的那一截渐渐的变绿了。地下暂时还看不见的那一截萝卜，一定长得更壮实。难道萝卜既能朝下生长又能朝上生长？我正猜想着萝卜的生长，一天，一场风带来了一场雨，土堆上的萝卜一下子歪歪斜斜的，而土地里的萝卜像树一样安然无事。生长在土堆上的萝卜，脚下的土地没有经受过时间的沉淀，没有经受过风雨的洗礼，这份土地的生命自然是稚嫩的，其上面的萝卜看似很容易地生长了起来，但这些萝卜上的根须始终扎得不够牢固、站得不够稳当，这才在风雨中失去了重心，跌跌撞撞，好不扫兴。

这也是村庄人为何在土堆上仅仅种植萝卜的主要原因。若种下高粱、玉米、麦子，或者西红柿、辣椒和黄瓜，它们等不到生长出果实，就一定会在一场风或者一场雨里东倒西歪得不成样子。毕竟，土堆并不是真正的土地，生长粮食的一块块土地，一定更能比一堆土承受得住一场风或者一场雨。我突然对土地报以十分的敬意。我吃着土地里生产的粮食，也应该好好地扎根在村庄的土地上，像粮食作物那样经得住一场风或者一场雨，稳稳当当地扎根、生长和成熟，活出一株庄稼该有的样子。

至于种在土堆上的那些萝卜，那只是村庄人在一块临时性的土地上，获取的意外惊喜和收获而已。

摇摇晃晃的堂哥

堂嫂因为癌症走了没有一年时间，才四十六岁的堂哥又倒下了。堂哥患的是脑出血，也是一种很难医治的疾病。

大年初一，家里只剩堂哥一人。晚上睡前，他给自己切制了两盆猪肉臊子，他最爱吃猪肉臊子。农忙时节，挖一块搭在锅里加热后，他常夹馒头或者拌面条吃。堂嫂在世，每次臊子都是堂嫂烹饪，没了堂嫂，只能由堂哥下厨。

堂哥突发脑出血，似乎没有任何征兆。平日他感觉头不疼不晕，没想到晚上睡着就犯病了。或许是出血量太多，他躺在炕上昏迷过去，第二天上午九时左右，儿子和女儿打电话没人接，敲门也没人应声。儿子慌了，翻墙踹门进屋发现父亲昏迷在炕上。先送县医院再送市医院，CT 检查为脑出血，出血量二十八毫升。出血量不够开颅手术条件，只能采取药物保守治疗。躺在医院里，堂哥昏迷不醒。两天后是醒了，但右半边身子不能动了，大夫用棉签根部划右手心右脚心，反应迟钝。更令人猝不及防的是，堂哥不认人了，不记事了。大夫说，就看个人造化了，弄不好，后半生要瘫睡在床了。

农村家庭，一个病人就会将一个家庭撂倒，何况堂嫂之后，堂哥又病倒，而且还病得不轻。我反反复复恳求大夫，一定要让堂哥站起来，他家里的情况不允许他躺下来。堂哥两个孩子。女儿还未结婚，本要在正月订婚、结婚，父亲却突发疾病住院。婚事已定，堂哥又一年半载未必痊愈。我们堂兄弟替堂哥决定，侄女婚事如期举行。女儿订婚、结婚那天，堂哥仍然躺在医院，均未能参加。

由于堂嫂突发疾病，儿子跟女儿一样，结婚也甚是紧迫。记得在堂嫂确诊癌症后，想看着儿子结婚是她的一桩心愿。儿子结婚那天，是堂嫂患病两年来最高兴的一天。他们全家拍了最后一张全家福。

堂嫂确诊癌症，是在西安一家医院，是我和堂哥陪着去的。我们乘坐夜班车，晚上到西安凌晨一点多，当时正是九月份，天气异常炎热。我们赶到医院，大厅和门口已经有不少病人和家属，或躺或坐在空地上，等着排队挂号。在大城市看病，把好人能熬成病人，何况堂嫂有病在身，为了节省点钱，堂嫂跟着我和堂哥一块在医院熬。

当天上午初步检查后，大夫初步诊断为癌症晚期。为了进一步确诊，我们送了活检。大夫和我们谈话后，堂哥瞬间脸色蜡黄，潸然泪下。我安抚他要坚强，先不能告诉堂嫂。在等待结果空隙，堂哥到西安找打工的舅舅，打工的舅舅在农户家只租有一间房，房间陈设甚是简单，也比较凌乱。晚上，我们让堂嫂躺在屋内床上，我们三个在院子的水泥地上搭了临时床铺，刚睡下还感觉热乎乎的，可睡到半夜，我感觉脸上一麻一麻的，肚子涨得似鼓。清醒后一看是下雨了。人倒霉了，天也跟人作对。那一夜，我们从凌晨四点坐到天亮。

苦等了整整两天，到了取结果时间，我让堂哥陪堂嫂，我独自去取通知单。到医院排队等待时，我在心底里默默祈祷，祝愿堂嫂平安无事。可是通知单显示，已经发生病变。那天，拿着结果单，一小时的路程，我足足走了有两个小时。我不知道我该如何面对堂哥堂嫂，又怎么给堂哥堂嫂讲清楚，我怕他们挺不过来。

我安慰堂哥，现在有新农合政策，看病能报销，还可以争取户籍地民政部门救助。对农民来说，患病最愁的就是看病钱，花了看病钱，辛辛苦苦给儿子攒的娶媳妇钱就没了保障。我苦口婆心开导堂哥，有人就有钱，先救人要紧。到了医院，大夫建议化疗，每个疗程一万多元。为了省钱，大夫允许堂哥堂嫂在外面找个便宜旅社住。我和堂哥转遍了医院附近，最后找到一处非常偏僻陈旧的家属楼，楼内每个屋子被隔成不到十平方米的小屋。好处是租金便宜，每晚三十元钱。我估计这是西安城里最便宜的旅社了。堂嫂化疗期间，每次去都住那里。

化疗甚是痛苦，但堂嫂每次都能坚强面对。我不知道，堂嫂从确诊治疗到最后离去，她知道不知道自己的疾病，还是她早就知道而装在心里不说。可喜的是，多个疗程治疗过后，堂嫂病情好像有所好转。回到家，堂嫂催人给儿子张罗娶媳妇。她不但要给儿子把媳妇娶下，还要给儿子儿媳照看孩子。堂嫂看起来跟正常人一样了。

其实，我和堂哥心里清楚，堂嫂仍然是个病人，她的病情并未痊愈，需要好好卧床休息。可是要强的堂嫂怎么也不听劝，偷偷摸摸地在村上找零活干，为此堂哥和我手里捏把汗。或许是堂嫂硬撑着，她从未给家人透露半点痛楚，尤其是在娘家爸妈面前。事实上，堂嫂病情恶化，返回西安复查结果不容乐观。堂嫂却从容面对，在堂哥面前没有掉过一滴泪。唯独知道娘家爸妈相继去世后，堂嫂哭了，哭得很伤心。她说在自己生病期间，娘家老人没少操心，可是他们这么快相继离去，她再也没有机会尽孝了。

事实上，堂嫂跟病魔在赛跑，在她倒下去前终于给儿子结了婚。儿子婚后不久，她又跟堂哥一次次赶往医院。谁知，该死的癌细胞已经扩散了。堂哥带堂嫂返回家，堂嫂身体一天不如一天，身体渐渐消瘦下去。好像堂嫂感觉自己也撑不下去了，她只是静静地躺着，很少出门，她似乎在等着什么。

堂嫂生病期间，堂哥料理了全部家务，他和堂嫂没有影响儿子和女儿工作。两个孩子也懂事，女儿在医院加班加点多赚点钱，自己省吃俭用，不忘给家里寄钱；儿子在工地上干活，隔三岔五给堂哥堂嫂买些他们喜欢吃的东西。

癌症折磨得堂嫂一天比一天消瘦，最后堂嫂带着遗憾离我们而去。堂嫂走了，痛苦之余，堂哥长吁一口气，再也不用看着堂嫂遭受病痛的折磨了。

堂嫂走后，堂哥很快调整过来，跟着儿子到工地上去开碾路机，帮衬着儿子干些零活。尽管每天吃饭休息也不规律，但堂哥觉得比照顾堂嫂那几年舒畅多了。起码感觉心不累了。整个人的气色也比之前好看多了。

让堂哥没想到的是，没了堂嫂后，隔三岔五总有人给自己介绍离异女士。刚开始堂哥还觉得不好意思，毕竟堂嫂离去不久。后来渐渐也就没那么拘束了，甚至还找我帮他分析一番，看哪个更适合与他共度余生。我建议他再等等，等堂嫂过了三年再提也来得及。没想到，堂哥被横冲直闯的所谓中年女人的爱情冲昏了头脑，怕错失了一份良缘。

堂哥最满意的是一个在县城有家属楼的离异女士，她的子女已经长大了，也没有什么负担。她要求堂哥“嫁”到他们家去。还有一个离异女士较为年轻，带着两个孩子，她嫁给堂哥的条件是，堂哥必须负责给她的儿子娶媳妇。各种离异女士见得多了，堂哥发现这些离异女士嫁给自己都是有目的的。我想，这种事情，堂哥自己看清楚比我和他说清楚管用多了。

堂哥没过几天清闲日子，便让突发的脑出血撂倒了。堂哥前前后后住院有几十天，出院时还不能走路。我回家看望他，他比较消极，说如今没了堂嫂在身边陪他，担心自己瘫卧在床，后半生要受罪了。我劝他自己要鼓劲，好好坚持康复锻炼，症状一定会有所好转的。等他痊愈了，不是还有不少中年离异女士排队等着嫁给他嘛！堂哥被我逗笑了，苦笑着说，现在成了这熊样，哪个女人还愿意跟他在一起呢？

我笑着说："那说不准，关键就看自己给不给力了。"

事实上，堂哥很给力。没有多久，堂哥就拄着拐杖摇摇晃晃地可以朝前迈出几步了。对于脑出血刚刚痊愈的人，练习行走跟婴儿学习走路一般困难。若坚持不下来，前面的所有努力便会前功尽弃。为了练习走路，每迈出一步，堂哥右脚上的鞋子就重重着地，以至于右脚上的每只鞋子都露出了大脚趾，附近的鞋底也磨透了。看着堂哥摇摇晃晃地走起来，我的心咯噔咯噔也跟着疼起来。

堂哥说，他只要能走路，生活能自理，以后的日子就不受罪了，也不会给儿子和女儿施加没完没了的负担了。从堂哥身上，我看到了前些年堂嫂跟病魔做斗争的那股坚强劲。

最近回家，堂哥在村路上碰见我，向我摇摇晃晃地走过来，我快步走上前去，他说堂嫂的三年祭日快到了，希望我到时候回来一块再送送堂嫂一程。他说堂嫂嫁给他一辈子把罪受完了，他打算后半辈子就一个人过，谁也不找了。

堂哥紧紧地握住我的手，我默默点头，泪水不觉间溢满我的两个眼角。

谁不是在梦里长大的呢

村庄人说，三岁事记到老。三岁那一年都经见了哪些事，我大多都不记得了。唯独我夜晚躺在土炕上，做的那些从高处两脚踩空摇摇晃晃地掉了下去的梦，将我从梦里一次次惊醒。母亲说，这是长个子的梦。孩子做这样的梦，猛长呢！

三岁那年，记不清有多少次，夜里做了长个子的梦，第二天清晨我都会兴冲冲地跑到院子里的那棵杏树旁，看看我一夜间比那棵小杏树长高了多少。那棵小杏树苗春天刚刚栽下的时候，它正好跟我一样高。我想我天天夜里都做着长个子的梦，我的个子一定会是一截一截地长，我长得一定会比那棵杏树快多了。开始一段时间，小杏树慢慢腾腾地露出绿芽，绽出新叶，它的个子跟我总是一样高。说不清到底是小杏树长得快还是我长得快，是我等小杏树呢，还是小杏树在等我呢？

到底是三岁的小男孩，我想小杏树长得快，我也就一定会长得快。于是，夜晚做了长个子的梦，清晨我总会把攒了一晚的尿液撒在杏树身上，让尿液慢慢渗入杏树的根部。不知道小杏树喜欢不喜欢我以这种方式给它施肥，催它长大、长高，反正我把不少的尿液都浇到了它的身上。我想它扎在地下的每一根根须上，都渗入了我的尿液，它也一定会跟我一样猛长的。

夏天，村子里的树像长了翅膀，一天向上蹿一截，茂密的树梢把村庄罩实了，留下一块块绿荫。我家院子里的那棵小杏树，开始抽出了嫩绿的枝条，每隔十多天，就会长一两指。尽管我天天夜里都在做着长个子的梦，有时候一晚上要长几次，但我还是没有小杏树长得快，小杏树长得比我高多了，难道小杏树只顾自己长个了，它不等我了吗？我开始妒忌小杏树，停止了给它撒尿浇肥。没有我的肥力，我不相信它还会长那么快。

接下来的日子里，小杏树似乎忘记了我，它只顾着抽枝，长得还是那么快。难道，小杏树也像我一样做着长个子的梦？它不仅仅在白天长个子，而且晚上也在长。它不仅在雨天长，晴天也在长。它似乎嫌我长得太慢了，不愿意跟我比个子，而是向着村庄的一棵棵大树追赶，它要赶快追上那一棵棵大树，长成大树那么大。要不它怎么能比我长得快那么多呢？

第二年春天，那棵小杏树简直让我刮目相看。我举起手才能摸着它的树梢，树梢上还挂着十几朵粉色的花儿。这些花被绿绿的叶子护着，几只蜜蜂落在上面，迟迟不愿意离去。看着那些绽开的花儿，我恍然大悟，小杏树不仅仅做着长个子的梦，还会做开花的梦。它的花，刷的一下子开了，把小杏树装扮的像个戴着花儿的小姑娘。过了几天，它的花儿好像早已商量好了似的，不知道是在白天还是夜里，刷的一下子又落了。不久，藏在花里的那些绿杏子开始露出头来了。到了夏天，那十几个绿绿的杏子慢慢成熟了。麦收前后，我隔三岔五地伸手去采摘一两个，个个肉厚香甜。小杏树又多了一个成熟果实的梦。它的梦比我多。

每一棵树，刚刚栽植的时候，大小就像个小孩子。它们一同做着开花的梦，结果的梦。它们做的每一个梦，谁也阻挡不了。该长个的时候长个，该开花的时候开花，该结果的时候结果。它们的脚步一点也不乱，它们不摔跤，它们不打闹。当然，遇到冰雹、严寒等恶劣的天气，它们顶多打个寒战，哆嗦几下子。太阳出来，它们还会继续走自己的路。它们要开出更多的花，结出更多的果，让村庄到处洋溢着花香，让村庄到处挂满累累硕果。而我，看着院子里的那棵杏树，我还是长得那么慢，除了仰望，我不能像那棵小杏树一样开花、结果。

一棵树是这样，大地上种植的玉米、麦子、高粱、洋芋蛋也是这样。它们挨挨挤挤地生长着，顶多一年时间就把自己全部的梦都做完了，而且一个个梦都实现了。每一粒粮食都藏着自己的梦，每一粒都能生长成十多粒，甚至几十粒、几百粒种子；每一粒种子种在土地里，又会完成当初那一粒种子的全部梦想。我想，树做的梦比我多，粮食做的梦比我多。而我，年年吃着树上的果实，天天吃着大地上的粮食，我的梦还没有一棵树多，还没有一粒粮食多。我应该敬仰每一棵大树，也应该珍惜每一粒粮食。

我一年年长高了。尽管我仍然没有那棵小杏树高，没有地里的玉米、高粱高，但我比羊高多了，比猪高多了。羊呀猪呀来到村庄似乎主要不是为了长个子，它们把心思都用在了增重上，比谁长的肉多，谁长的膘厚。它们都一样吃的是村庄的草和料，羊有羊的长法，猪有猪的长法，羊再壮壮不过猪，猪再瘦比羊肥。猪产仔就产一窝，一窝少则七八只，多则十几只；而羊呢，或许是产的少吧，像人一样，按胎算，一胎正常产一两只。长肉、长膘、产子，都是羊与猪的梦。它们的梦，不仅仅是在为自己做，更多的还是替人在做。看看那些羊或者猪，长肥了，长壮了，都将成为村庄人的盘中餐。

至于牛、马、驴，它们的体格高高大大的，我从心理上是有所畏惧的，独自不敢靠近。我不知道牛马驴长那么高那么大干什么，它们一顿饭比一个大人还能吃。难道它们从小就知道自己长大就是要犁地或者驮东西的吗？犁地或者驮东西就是牛马驴追逐的梦吗？等到了该出力干活的那一天，牛马驴似乎早就清楚，自己长那么高大的体格，就是奔着犁地或者驮东西长的。它们不挑不拣，它们不畏惧攥在村庄人手中那根长长的鞭子。犁地或者驮东西，村庄人指哪它们走哪。不管是犁谁家的地或者驮谁家的东西，它们都一样卖力。

一样都是在村庄长大的，猪和羊为啥除了长膘长肉，啥活都可以不干，而那些比人还辛苦的牛马驴，除了干活，长肉长膘都成了捎带的事情。终了，对于出了力的牛马驴，搁在谁家，谁家都舍不得卖。至于宰杀吃肉，再心硬的人，怎么也下不了手。不像圈在圈里的那些猪和羊，卖亦行，宰了吃肉亦行。干活的牛马驴与不干活的猪羊，一定是它们的梦不一样，村庄人最终对它们的态度才不一样。卸磨杀驴，卸磨杀牛，卸磨杀马，在村庄只是个例，陪牛马驴到老，到死，把它像一个谢世的人一样埋入黄土里，在村庄一定也不少。

我八岁入学，认字，读书。上学是件快乐的事情。纸上的村庄不仅有牛马驴，有风雨雷电，有高高矮矮的粮食，而且还有不一样的四季，不一样的童年，它远远比我生活的村庄大得多了。比如，村头那一棵歪脖子树，我可以称它为走岔了树路的树。端端正正朝上生长的树才是好树，才会长成有用之材。走着走着走了岔路，我想一定是树的梦出了问题。记得有一年，风调雨顺，可我家的麦子还是歉收了。一粒粒麦子并不饱满，我想一定是种子的梦出了问题。还有，村庄三怪、狗娃俩都快三十岁了，可是他们整日里游手好闲，无所事事，方圆村庄没哪个姑娘愿嫁给他们俩做媳妇，一定是他们俩童年的梦出了问题。

谁不是在梦里长大的呢？我八岁入学后那年，不仅仅做着长个子的梦，还跟村学的孩子们一块做着童年的梦。许多年以后我才知道，一个人童年的梦都是多彩的，都是美丽的，都是好梦，都是大梦。童年的梦，有多美呢，有多大呢？我觉得那一个个梦似乎都是不着地的梦，它们能美上天，能大上天！多么美好的童年，多么美好的梦，多么美好的一天！我们天天都在为梦而高兴，天天都在为梦而开心，天天都在为梦而奔跑，梦把整个童年装满。

童年的梦里，一个梦接一个梦，几乎没有一个梦与树有关，与牛马驴有关，与一根根麦子一株株高粱和玉米有关。那么多不着地的梦，距离村庄的大地是那么遥远，在梦里谁还能够看见村庄的牛马驴，谁还能够看见村庄的树，谁还能看见村庄那一根根麦子一株株高粱和玉米呢？就连陪同我一起做长个子梦的那棵小杏树，我也看不见了。是的，一个孩子童年的梦应该与村庄树的梦不同，应该与村庄牛马驴的梦不同，应该与村庄一根根麦子一株株高粱和玉米的梦不同。村庄是树的村庄。村庄是牛马驴的村庄。村庄是一根根麦子、一株株高粱和玉米的村庄。

一个个孩子童年的村庄，不在村庄，在蓝天上，在云朵里。

不可否认，在村庄，我是吃着杏树上的杏子长大的；我是吃着黄土大地上的高粱、麦子和玉米长大的；我是吃着猪羊肉长大的。村庄展开自己的胸怀，把所有的孩子紧紧地揽在怀里，它的胸怀比村庄所有母亲展开的胸怀还要宽大得多。村庄也是一位母亲。村庄跟所有的孩子以不同的方式靠近、亲近，比如以树的方式，以果实的方式，以粮食的方式，以肉的方式，等等。

不知道孩子的梦里为何突然就没有了村庄，突然就没有了母亲。沿着梦的方向，我看见那么多孩子和我一同在村庄长大，再渐渐地远离村庄。我感觉村庄小了，村庄空了，空旷得只剩下鸟声、大树、高粱、玉米、麦子，以及走过田间地头的牛马驴。

我不知道自己有一天，会不会像许多人一样，也要离开村庄。当一拨接一拨的人都离开了村庄，留下来的大地怎么办呢？留下来的牛马驴怎么办呢？留下来的那棵孤单单的杏树怎么办呢？留下来的那些云和风怎么办呢？

一个人只有一个童年，一个人也只有一个童年的村庄。要是哪一天，当自己的村庄空旷得只剩下空落落的天空，我们又该去哪里寻找自己的童年以及童年的梦呢？

一辈子没有走出过村庄的人

一个人来到村庄，跟一头牛来到村庄差别不大。不论是哪头牛，也不论是谁家的牛，它们的世界就村庄那么大。从它们的目光里，绝对看不出什么怨恨或者遗憾——跟随主人年复一年地犁地耕作，而且从不偷懒，把自己的一生彻底交给了村庄。

而人呢，总有一些人会像牛一样，一辈子也没有走出过村庄。他们的世界就村庄这么大。村庄有他们的亲人，有他们的田地，有他们的牛羊，有他们的日子。在村庄，他们才感觉自己的每一天、每一年过得是踏实的。他们就像田间那头耕种的牛一样，除了想着那几亩耕地的事情，别的事情似乎从来也没有想过。也是啊，牵着牛在田间一步一步走着，我注视着牛的目光，它回头瞅我一眼，又继续拉它的犁。正在犁地的牛，除非我让牛停下来，它似乎只顾一心犁地，一点小差也不开。我佩服它对人的忠诚。一头牛，一辈子出的力不比一个人少多少。不知道牛心里是怎么想的，它们会不会跟村庄人比力气，比谁干得多谁干得少。我想，牛一辈子或许不会想这么多，谁叫它是牛呢，牛就应该有牛样。想那么多不累么，把自己该干得干好，每天每顿就有一份饲料或者青草，供自己享用。牛出力干活，不就是图这个么?

比起牛来，一个村庄人，更是把自己的每一天安排得满满的，把自己的每一年安排得满满的。日复一日，年复一年，他们的一辈子已经被自己安排满了。他们在村庄有做不完的事情，晴天有晴天的事情，雨天有雨天的事情。一个人把自己一辈子安排给村庄，村庄人的生命哲学，或许真正是从牛那儿学来的。是人都会想，是人就应该像牛的牛样一样，活出自己的人样。当然，有人或许是从每一粒种子那儿学来的。村庄的每一粒种子，不论播撒在哪儿，哪儿便是自己的天地和世界，绽放生命，好好生长，长出一粒种子该有的样子。自然，村庄的世界是小一些，比起村庄外面的大世界来，也仅算得上沧海一粟。不过，人呀，牛呀，种子呀，村庄的万物聚拢起来，也是拥拥挤挤的，算得上一个小小的世界。在这个世界里，牛有牛该有的样子，种子有种子该有的样子，人有人该有的样子……村庄岂不是也有了村庄该有的样子？！

在村庄，似乎不够安分的就算那一场接一场的风了。风似乎不知道自己的村庄到底有多大，一旦跑起来就停不下来，东一撞，西一撞，北一撞，南一撞。村庄的边界，风试探了一辈子，似乎还是没有试探清楚。比如，一年四季吹过村庄的那些风，它们似乎蓄意带走一些种子私奔，带走一些花瓣私奔，带走一些柴禾私奔，逃离村庄，去它们想去的地方。为了它们想去的地方，它们使完了自己全部的力气，最后还是被那些高出村庄大地的玉米茬、高粱茬、麦茬，以及村庄的一棵棵大树和一截截土墙挡了回来。尤其是像风袋子一样的那一口口黄土窑，它们毫不惧怕每一场风。吹吧，把浑身的劲都使出来吧，看黄土窑把全部的风怎么全部装下！黄土窑似乎也懂得风的犟脾气，不使完全身的力气绝对不会停下来。好吧，黄土窑就挺有耐心的，它会跟一场接一场的风慢慢地耗着。到了冬天，那最大的几场风，黄土窑这一口口风袋，只有入口，没有出口，风一拥而进，怎么办呢？窑壁狠狠地把一场场风又原模原样地给送回去了。回到村庄，风也就应该有风的样，春季是春季的样子，夏季是夏季的样子，秋季是秋季的样子。至于冬季，一座村庄的那些黄土窑，一截截土墙，庄稼茬，足以耗完各路风那么多该死的力气。

风在村庄溜达的日子，看似玩世不恭，调皮得像个孩子，一会儿也闲不住，跑到村庄的角角落落。一天天，村庄的树、玉米高粱、牛马驴等，都纷纷长大长高了，它们联手把风给紧紧地围了起来，风只能绕来绕去，围绕着它们兜圈子。多少年后，风还是彻底被村庄“降服”了，最终让风具有了风的样子。风成了和风，雨成了细雨，和风细雨的村庄，越来越风调雨顺了起来，风吹到脸上不再是曾经那么生疼，雨落在大地上也不再是曾经那么砸得黄土乱飞。

风一旦安静了下来，村庄也就安静了下来。树忙着赶自己的树路，种子忙着出苗长成一年的好收成，路边的野花一拨接一拨在骄阳下怒放，西边大块大块的白云赶来落在东边的树梢上。整个村庄，谁也不干扰谁，各忙各的事情，一团和和气气。这里是黄土高原上的村庄，每一条路都通向大地，通向绿色，通向希望，这是多么吉祥、多么温暖、多么幸福的事情呢！

村庄在村庄人的眼里，就像个世外桃源，一拨接一拨的村庄人走出村庄，一拨接一拨的村庄人又像风一样回来了。村庄要用自己的魅力，留住每一个人。因此，不仅仅是每一个村庄人，就是那些种子、大树、小鸟、牛马驴羊狗鸡，它们也一样不愿意离开村庄。村庄像有磁性一样，把万物紧紧地吸在一起，谁也离不开谁。这么美好的村庄，自然是村庄最美的样子，它需要靠一个个村庄人用一辈子的时间维系着。

盛夏，端坐在一棵大树下，我想，一个人，一辈子只要跟村庄牢牢地纠缠在一起，村庄便成了一个人生命的全部，村庄便成了一个人一生最大的世界，直至一个人生命终止的那一天。在村庄这个大世界里，一个人，即便一辈子也没有走出过村庄，又有什么要紧的呢？

山顶有棵树

再大的黄土山，也没有一棵树大。一棵树，会让一座山长高、长大。我远远地凝视着山顶上的那一棵树，它竟然比一座山大多了，比一座山高多了。那棵树扯开的树梢，轻轻地穿进了一块块云里。一阵阵风吹过，有几块云被树梢划碎了。

一个人在黄土高原上的村庄生活得久了，即便自己生活的那面塬再小，也感觉不到黄土高原的残缺。哪一天下了塬，一座座黄土山排布在川道两旁，连绵不绝，如果不是顶部冒出来那一个个像馒头状的小山顶，着实使人搞不清楚自己看到的是山还是梁。

是的，我眼前是一座山。它比附近所有的山顶都高。那一棵树正是生长在那一座高高的山顶上。山不是孤山，树却成了孤树。只有一棵树。一棵树把这座最大的山衬托得是那么小，我的目光久久地停留在那棵树上，似乎忘记了一座山的存在。我不知道山背后还有什么。是一户户村庄人，是一片密密匝匝的树林，还是连绵不绝的梁或者高低起伏的山？事实上，除了山顶那棵树，我什么也没有看见。

每次经过那座大山，我看见山顶上那棵孤零零的树，在一次次大风中像个孤零零的人，被吹得东倒西歪。树挺不起身躯，顾不上好好向上生长。风似乎商量好了似的，还没等树准备伸出手脚，抽出嫩绿的叶子，风说来就来了，树总像大山举起的一把倒立的笤帚，迎接一场接一场的风。这棵树，几乎把自己向上生长的全部精力都消耗在了一场场风里。

山顶上的风太大了，一棵树只有那么大的树梢，那么多的树枝，那么多的叶子，它们怎么能够挡得住一场场风呢？树用所有的叶子、树枝迎接一场接一场的风，树承受的压力太大了，每一次都有一些叶子在风中游离不定地飘落、一些树枝在风中噼里啪啦地折断。风过后，山顶上的树不断地忙于自我修复，它总是比低处的树长得要慢得多。十几年了，每次经过那座大山，我总感觉那棵树一直就那么大。

我不知道山顶上的那一棵树是哪一年栽的，是谁栽的。它或许比村庄里任意一个人的年龄都大。它就那么安安静静地撑在山顶上。我也不知道，这么大的一座山，为何就只生长着这么一棵树？山是黄土高原上的山。能够长一棵树的山，为何却长不了十棵树、百棵树、千棵树、万棵树呢？要是一座山上有千千万万棵树，树梢接着树梢，树根挽着树根，那风就会像一把梳子，把大山梳妆得苍翠、明亮起来。可是，这座山没有那

再大的黄土山，也没有一棵树大。一棵树，会让一座山长高、长大。

么多的树，只有一棵。

山顶上的那一棵树像个大大的感叹号，又像一个大大的问号。村庄人把一棵树孤零零地留在山顶上，村庄人却搬走了，树会怎么想呢？树知道这座山原来的模样吗？树会不会像我一样固执地想，能生长一棵树的大山，为何就生长不了更多的树呢？现在，山顶上只有一棵树，树一定想知道，有一天，山上会不会突然冒出许多树，跟它一起守护一座山。可是，多少年了，仍然只有这一棵树占据着一座山和那么多的黄土，树一定早已不好意思了。那些走过树旁的村庄人，或者蹲在树下乘凉的时候，环顾四周，一棵树也看不见，会不会倍感孤独呢？那一片片齐膝盖的荒草，比蹲在树下的人还高。人像做了什么错事一样，一直把自己藏在一棵树和一片片荒草之中，会不会也不好意思呢？树没有树邻，一定心有不甘。这责任在谁呢？树一定心里清楚。可是树一直默默地看着，只是不说而已。

一棵树，不比村庄所有人经历的困苦少，山顶上的风的确太大了。我穿行过一道道山梁，山顶上没有一户人家。村庄人选择一处阳面的沟洼地，掘了几孔黄土窑，或者建了几间厦房，世世代代居住了下去。人比树聪明，人会避风，谁也不想跟一场接一场的风较劲。人蛰伏在大山的褶皱里，把风全部交给了一棵树和一座大山。

黄土似乎知道自己是风吹来的，来到了高原，黄土似乎就再没有想着被风吹走。因此，无论哪里的黄土，不仅养得了村庄人，而且尽力让黄土大地上的树长出了树该有的样子。一截截木头，一扇扇门窗，一件件木质家具，都与一棵棵树密切相关。待树长大成了材，锯也锯不倒，村庄人干脆选择农闲时间，三五人刨开比树身大许多的大坑，刨出一条条树根，让一棵树一点一点脱离大地，再慢慢地一点一点倾斜，倒地，与大地平行。树倒在地上，已经被锯成了几截，七八个壮汉使了几组杠子还是抬不动，无奈，只能在原地锯成薄厚相宜的板材，被村庄人扛回家备用。树一辈子，最留恋的就是一把黄土了，最终还是被村庄人挖倒、肢解。我想，一棵树，在自己生长多年的大地上，与黄土以这种方式告别，树心里一定不是滋味。

随着村庄一棵接一棵的大树倒下，留下的树坑越来越多，很少有人去填平它们，那些树坑在阳光下非常刺眼。树坑裸露在大地上，除了里面自生了一些荒草外，再也没有长出大树来。一天一天，一年一年，树坑越来越多，村庄像被腾空了一样，到处漏气，到处透风。那些零落的幼树，在一年四季的风里，树身也总似碗口那般粗，树梢也总似扫秃的笤帚，跟一场接一场的风纠缠不清。没想到，风中生长着的树，早已具有了树的风骨，整个树身虽小而硬气，它从不向哪一场风屈服。

一天，我在一块平缓的川台地上看见一排白杨树，它们之间没有一棵树伫立的端端正正，都是歪歪斜斜的，树梢就像竖立的一大片柳叶一样，竟然比树身大不了多少。村里人管这些树叫钻天杨，我却感觉它们既没有钻天的神力，也没有白杨树那么大的树梢。多年以后，树总是那么大，我们都叫它们“小老树”。

一棵树占据着一座山，高高地撑在山顶上，跟每一个村庄人、村庄的牛马羊，远远地对视着。不管在什么季节，也不管在什么时间，每当我看见那一棵树，我的脑海里都涌动着另一番想象：这是一座生长着密林的大山！那一刻，我满脑子便会滋生出一片一片绿色，像青青的麦浪在大地上铺展开来。沿着梯田、绕着大山的一层层绿色，是明亮的，它们会把太阳照亮，把天空照亮，把隐居在半山腰的村庄照亮。多么亮堂的树林，多么亮堂的村庄，多么亮堂的鸟鸣，多么亮堂的风声。——这些像梦一样的绿色，一次次划过脑海，我知道，这源自于山顶上的那一棵树。

的确，一棵树对于一个人很重要，对于一场风很重要，对于一群羊很重要，对于一座村庄也很重要。

一个人行走在大山里，翻过一座山又是一座山，山上若是一棵树也没有，人走进大山跟走进沙漠有什么不一样呢？山是光秃秃的山，这山望着那山高，山看似近在咫尺，实则走着走着，使人不止一次地怀疑自己的眼睛，顿感这山无比荒凉，无比孤独。而山顶要是有一棵树，无论它伫立在哪一座山顶上，那树都给人一种召唤，向着一棵树奔走，人会是欢欣的。即便是劳作了一天，饥渴难耐，只要抬头看看那棵树，脚底便会生出一股风，天空便会一下子敞亮起来。

一户人家会避风而居，一座村庄同样会选择在避风的地方。起风了，风首先会沿着山头奔跑，再沿着一座座山、一道道梁奔跑，很快挺进了位于山腰或者山底的村庄。山顶上的那一棵树，在每一场风里，都要跟风纠缠一阵子。树似乎能够把风的脚步搅乱，使风不知道该怎么走是好，一会儿朝北，一会儿朝南，一会儿朝西，一会儿朝东。风吹着吹着，一个箭步，干脆跨越了一座接一座大山，村庄里却一丝风也没有。有时候，风干脆旋着吹到天上去了，那棵树竟然一动不动。如果没有那一棵树，风走过山头，没有什么磕磕碰碰，没有什么拌拌挡挡，风像一下子生气了似的，会疾步奔向村庄，直至把所有的力气在村庄消耗掉，才慢慢吞吞地转身离去。

一群羊，看似正在向大山里奔走着，实则，它们是朝着那一棵树奔走。羊的嗅觉和眼力比人强多了，哪里有鲜嫩的青草，哪里的青草长得不够茂密，羊似乎都知道。羊喜欢朝长着那一棵树的大山奔去，在那座山上不仅仅能够吃到青草，吃饱后还能够在那棵树下乘凉。放羊的人跟羊相依在那棵树下，正午的阳光洒下来，掺杂着一股股凉风。人和羊在树下耷拉着脑袋，眯着眼，打盹儿。一座山，一群羊，一棵树，一个人，像在画中。

正是由于山顶上有这么一棵树，一拨一拨人来了，一拨一拨羊来了，整座山上，人不是孤人，羊不是孤羊，树不是孤树，山不是孤山，半山腰的村庄也就不是孤村了。

走进黄土高原上的大山，一个村庄大得让人难以置信。——

一座山上只住一户人家，一个村几十户人家，一个村庄便会有几十座山那么大。要是徒步行走，一整天也未必走得了两三户人家。走遍这个大山里的村庄，少说也得花十多天时间。走着走着，不知道是什么吸引着这些大山里的人，让他们一代代人都不愿意走出大山。走得多了，我得出了答案。不是别的，正是山上或者山顶的那一棵棵树，那一群群羊。但凡有树木的大山，不仅有草，而且能够耕种粮食，一年的收成足够几年吃。遇到旱年，即便粮食减产，甚至颗粒无收，但山上的草还在慢慢悠悠地长着，羊还在渐渐肥着。我坚信，黄土高原上的山，并不是穷山。

在连绵不绝的大山里，一个村庄拥有几十座山。那么，几十个村庄呢，几百个村庄呢，那要占据多少座黄土高原上的大山呢？在大山里走得多了，时间久了，我突然发现山上的树少了，山上的草稀了，山上的羊瘦了，一座接一座的山，矮了。虽是深秋，大山里早已寒气袭人。远远望去，一座座山上鲜有绿色，一大片一大片的黄土裸露出来，枯燥，苦焦。偶遇奔走的一群群羊，在大山上埋头找吃的。山上没有树，没有落在地上的树叶，没有草，羊在吃什么呢？它们是在吃草根，还是吃黄土？

羊过留迹，漫山遍洼都是羊的足迹。那些密密麻麻的痕迹，比稀稀落落的薄草稠密多了！我站在一座山头上想，这哪是羊迹，分明是人迹啊！

一座山，属于村庄，也属于大自然。一户人家世世代代占据的自然资源过多了，就会像个手头富足的城乡土豪，爱怎么挥霍怎么挥霍。一只羊在村庄，大多生存一两年时间。羊想不了那么多,也看不了那么远。而人呢,过日子似乎总是少不了羊，他们觉得没有羊的日子就过不下去。而一根根草和一株株树苗呢，它们像羊一样，能说什么呢?

终于，大山里的一户户人家，走出大山，相对集中居住，相对集中生活。羊呢，赶着出山吧，建立羊舍，让一只只羊在圈里吃草。我觉得也是，人就应该群居生活，羊也是。

黄土高原上的每一块土地，每一座村庄，被绿草铺满着，被绿树覆盖着，被炊烟萦绕着……树守一座山，草守一座山，比人守一座山，好多了。

不要让山顶上那一棵树孤单单的，独自在风中，撑着。

每株玉米都是一棵树

一

玉米和树生长在黄土高原上。玉米长，树也长。它们像谁用鞭子抽着、赶着似的，玉米长得特别急，比树还急。

打我记事起，玉米长个长得比我快多了。春天，播在田里，刚破土的幼苗，个子只及我的脚面。可是，夏天还没出头，一株株玉米早已超过了我的头顶。村庄的农作物，唯有玉米最喜欢长个，它们一定是想快步跑起来赶上哪一棵树。

玉米长起来跟树一模一样，有叶子，有树身，有树梢，还长粮食。我发现了一株玉米与一棵树之间的秘密：凡是玉米长得壮硕的地方，附近都能长出参天大树；相反，玉米长得不够壮硕的地方，别说长出参天大树，就连别的庄稼的长相和收成也会受到牵连。也就是说，如果哪个村庄年年能长出壮实的玉米，那还等什么呢，赶快栽树吧！

村庄人栽树，在树种的选择上不像城里人，一条街甚至整座城只栽一种树。不知道同一种树天天待在一条街上，或者一座城里，它们之间烦不烦呢？打个比方吧，这就像我并不喜欢的一个人，总是晃荡在我每天必经的一条小道上，想躲也躲不了，你说我烦还是不烦？而在村庄，没有谁规定村东头栽杨树、柳树，村西头栽洋槐树、梧桐树。村庄人栽树，首先考虑能不能栽得活，然后才考虑哪些地方应该栽果树，哪些地方应该栽能够长成木料的树。

我家的土台上，杏子种几棵，桃子戳几株，从二舅家移过一株香椿苗，秋上从塌了的沟壑边拽回一棵露了根的枯枣树，栽在院子的空处，来春居然发了芽。树的生气就是那么一点一点凑的，一家有生气，又一家有生气，整个村子都往外吐着生气。

成材的树，都会长得高高的，就像那些杨树椿树梧桐树，长着长着，就把一户人家的宅子给罩住了。用不了几年，一户挨一户人家栽的树，竟然把整个村庄给罩住了。

这么多的树相拥在一起，三伏天的村庄，墨绿墨绿的。绿荫下不仅仅吸引来了一群孩子追逐，还有一棵棵树上的蝉。蝉高兴地一会儿落在核桃树上，一会儿落在杏树上。一天下来，到了夜晚，蝉歇息了，蝉落在哪一棵树上，或者哪一株玉米上，在轻风中露宿一夜。蝉叫了一整天，到了深夜，不再鸣叫，可我的耳朵里仍然装着满满的蝉鸣。

或许没人相信，村庄一棵棵树和一次次蝉鸣，天生都与一株株玉米有关。

在村庄，玉米是大地上农作物与树的试探者。春天里，玉米种子从发芽、抽出嫩嫩的叶片开始，早已做好了朝上猛长的准备。一株玉米苗，时间有限，只有春夏秋，长得比一棵树快多了。长成一棵树，少则需要几年，多则需要几十年。树总是一点一点长着，它们不会像玉米那样猛长。玉米赶到秋天就要长成一棵树的模样。

长成树的模样，玉米才能不辜负一粒种子、一块土地。

玉米生长起来，全身上下都鼓着劲。玉米的根须，总是急着从土里露出来，划着弧度又钻进土地里，秸秆一节一节朝上冒。玉米的胡须，像牵牛花一样，早晨水嫩嫩，隔天便呈现老态。玉米的叶子，叶缘的锯齿生得慌乱，像是要抓住什么。划在皮肤上，浅浅的一痕，汗水一杀，隐隐的疼痛，钻出玉米地，还没到家呢，皮肤上面，安静了。

玉米比低矮的农作物要费肥力一些。村庄人春天播种的时候，早已把底肥施得很足。羊粪、牛粪、猪粪、鸡粪、驴粪，无论哪一样，都算得上是纯天然的农家肥。这些肥料，施在哪一块地里，哪一块地里的庄稼都会长得欢。能不能丰收，就看生长期和成熟期的水分能否跟得上。

二

夏天，麦子收割后，满村庄的玉米正赶上拔节。用不了多少日子，就到了三伏天。入伏前十多天，玉米就要铆足劲长个子。

要不到了伏天，如果连续多日不降一场透雨，整个地里的水分，就会被头顶的烈日蒸发殆尽。缺了水分，每株玉米便萎靡起来。它们和人一样，在极度干渴的时候，似乎也就没有心思想别的事情。面对伏天的烈日，玉米天天一副没精打采的样子，好像谁亏欠了它们什么似的，耷拉着脑袋，松松垮垮地随风摇曳。在一场透雨来临之前，它们似乎没有心思去想怎么开玉米花，怎么结出玉米棒子的事情。

记得我还是一个孩子的时候，一旦几十天不下雨，村庄到处旱成了灰突突的。路是土的，路旁的草是土的，洋芋花是土的，玉米是土的，就连一棵棵树上的叶子也是土的。踩在路面的细土上，像是踩踏在冬天降落不久的一层薄雪上，脚下软绵绵的，还不时发出咯吱咯吱的响声。大人们小心翼翼地迈出步子，不敢快走一步，要不整个人就成了土人儿。我们还小，才不管那些，在土路上放开腿脚，一边拍打着屁股一边奔跑着，嘴里喊着“驾驾驾……”像一匹匹骏马奔腾，身后升腾起来的尘土像一溜烟紧随身后。十多个孩子跑过，大人们站在老远处叫喊着，骂着。大意是说天已经旱得人喉咙眼里往外冒烟哩，这些娃弄脏了衣服到哪儿洗去？村庄娃土里来土里去，回家前朝身上使劲拍打一阵子，再跺几下脚，衣服上和鞋子上飞起的细土，又把整个人罩实了。回到家里，父母看到孩子满脸的泥土和衣服上的尘土，进屋拿起扫帚，一边拍打一边嘴里不停地骂着：“看看你，把自己整得跟个泥猪一样了！”

有一年，麦收前就开始大旱。缺了雨水的麦子，早在几天前就风干了，它们矗立在风中沙沙作响。那一年的麦子熟得不透，比正常年份至少歉收了一半。村庄人一年的收成，指望不上夏作物，就只能指望秋作物了。整个村庄种植最多的秋作物就要算玉米了，家家户户也数玉米最多。玉米虽耐旱，但是再不降雨，伏天一到，那些成片的玉米将会被旱死。村庄人每天晌午默默伫立在地头，昂着头看天，一语不发，一串串汗水顺着脸颊、脖颈、脊背流淌着。间隙，额头上冒出的汗水淌进了眼睛，他们才连着摸几把，把捋在手心里的汗水狠狠地摔在地上。

黄土高原上的人过日子，凡事只要尽力了而没有达到预期，人们便会把原因归咎于天。天高得神秘莫测，天大得无边无际，因为干旱而歉收的麦子，因为干旱而影响成熟的玉米，人们都认为这是天在作祟。于是，看天收成、看天吃饭成了村庄人一生无法逃避的宿命。旱到极限了，村庄人便会不约而同地汇聚起来，祈神求雨。村庄人求的不是神，是天。村庄人恳求上天能够怜悯苍生，尽快落下一场透雨。

烧香烧纸磕头，龙王眼目里的大地，燎得更加干燥。锣鼓声，把地上龙王身上的浮土都震上中天，昏黄滚滚中，大人们一丝不苟充任着各自的角色。有些人并不相信这样做真能祈下雨来，干，热，躁，树荫里猫都半张着嘴喘气儿了，不祈雨，还能干点什么？老狗喘成一张皮趴在树下，企图再往土地深处陷入，找寻一丝湿凉。

混迹在求雨的队伍当中，我的确没有大人那般虔诚。这般折腾几趟过后，天似有灵验，有时候刮起了一阵风，掀着一块块白云聚集起来，把村庄周围的天空压低。雨像是真的要来了，可终了还是没一滴砸下来。而那些大人们，愈是遇到这般情景，他们愈是疯狂，认为降雨的迹象皆归因于天。于是祈神求雨再接着折腾些日子，直至一场雨降下来。

三

村庄有几种豆类，比如豆角、豌豆、豇豆等，它们天生就喜欢攀悬着生长、结豆荚。玉米像树一样高高地站立在地里，村庄人干脆把喜欢攀悬着生长的豆角、豌豆、豇豆套种在玉米地里，让它们依附着一株株玉米秆向上攀爬，生长成熟。这几种豆子，也是心领神会，竟然一点一点地朝向玉米梢方向爬去。豆蔓上结出了不少豆荚，产量并不比种在一块地里低多少。显然，一株株豆角、豌豆、豇豆比混迹在玉米林里杂乱的草会长多了，它们一边攀爬一边抽出触须，缠绕着玉米的茎秆，玉米成了它们朝上攀爬的梯子。

要是没有玉米，村庄还会不会有这么多的豆类？没有人专门给几株豆子搭架，让它们施展腿脚，攀爬到它们想要的成熟的高度。好在，村庄人把豆角、豌豆、豇豆套种在玉米地里，玉米似乎领会了村庄人的心思，玉米也似乎领会了豆角、豌豆、豇豆的心思，帮衬着一株株豆子伸出的藤蔓攀爬到了豆子想要的高度，并结出了饱满的豆荚。

我不知道，豆蔓、豆荚悬在空中，给玉米什么好处呢？多少年了，玉米只顾着忙它的事情，只是在紧要处拉豆角、豌豆、豇豆一把。它们是不同的农作物，又不像人一样相互看得见，豆子露出的触须是怎么缠绕到玉米的茎秆上去的呢？

玉米，豆子，草，一样扎根在土地上。地不会分得那么清楚，哪一块地是专门长草的，哪一块地是专门长玉米的，哪一块地是专门长豆子的。地不会挑选谁，同样也不会辜负谁。只要有一粒种子，地就做自己应该做的事情。包括一粒草籽。只不过，草毕竟不是粮食，草自然不会知道，一粒草籽一旦落在了庄稼地里，它便被村庄人当成了不速之客。要是草知道人的心思，或许就不会在庄稼地里那么拼命地长了。草籽一定会跟着风落在适合自己生长的地方去了。

四

在一块肥力和水分充足的好地里，草最容易得意忘形，它们掺杂在麦子地里，掺杂在洋芋地里，掺杂在萝卜地里，草会快麦子一步，快洋芋一步，快萝卜一步，搅和的麦子、洋芋、萝卜在成熟的过程中乱了脚步，东倒西歪，直不起身来。

每一年，我不止一次地要去麦子地里拔草。拔掉草，麦子的颗粒才更加饱满一些。洋芋呢，如果杂草搅和得洋芋蔓不能大大方方地扯开，埋在地下的洋芋蛋黑黢黢的，谁也看不见谁，被地面上的杂草一拨接一拨地干扰着，它们一定觉得憋屈。至于萝卜呢，要长得更粗更长，就得指望地面上那些手掌一样撑开的叶子了，叶子最好是密密的、高高的，才会为那藏在土里的一根根萝卜采集更充足的阳光和雨水；要是草突然冒出来，胡乱搅局，扎进泥土的萝卜就会顶出来一小截，过不了几天便绿绿的，像是自己急着给自己探路。

不需要长草的庄稼地里，那些草明明已被我锄了或者拔了，却为什么还要三番五次地从地里冒出来？被拔掉或者锄掉的草，我会抱回家中喂羊喂牛。要不草风干了会落下草籽，让一块好好的地没完没了地长草。即便这样，草还会冷不丁地冒出来。草为什么不能像我种植的那些洋芋、玉米、萝卜和豆子一样，一次性发芽？难道一些草的种子是在春天发芽，一些草的种子是在夏天发芽，还有一些草的种子又是在秋天发芽？或者说，草的种子是被人锄草或者拔草的那一刻，偷偷摸摸地又把新的种子藏在了大地上？

在村庄，一定没有人知道，一个村庄人，一辈子在农田里锄草、拔草，要耗费多少时间和精力。

至于玉米，矗立在农田里，一个个像村庄里的高个子人，我远远地就能看见它们。它们把身后的其他农作物遮挡得什么也看不见。高粱似乎有点不服气，长着长着，心急火燎地露出扫帚状的头，直直地扯着它们那粗粗的脖子向上探路，可是有什么用呢？它们还是奔不到玉米梢。只要雨水接济的上，玉米便不愁搅拌在脚下的那些杂草了。草搅和在树一样的玉米地里，长得再卖力、再凶猛，也不会超过玉米。当玉米发力朝上生长的时候，它们总会像树梢一样朝天空直窜。夜晚，我能听到一株株玉米拔节的声音。那声音比微风的声音还要微弱，但玉米生长的声音比微风厉害得多了。要不，次日清晨你再到玉米地里看看，昨晚那些拔节的玉米，竟然长了半拃高的个呢！

玉米是树，玉米不用担心草。那么，玉米会不会担心风、担心雨呢？树一样的玉米，自然具备树的坚韧和品质。风大一点会把麦子吹歪，甚至吹得贴在地面上，整块麦田突然在一场大风里销声匿迹。如果伴风落一场大雨，扬花过后的麦子竟然会倒伏在地，贴在地面上，直不起身来。麦子倒在地上，影响采光、通风和成熟；如果是成熟了的麦子倒下去贴在地上，雨多下几天，麦子的芽都长出来了。

玉米，任凭风吹雨打，它们不仅没有倒伏在地上，而且比先前还站得端端正正。玉米的根须扎得比麦子深多了，它们要趁着风雨把根须牢牢地扎进泥土里，携嫩绿的玉米棒子钻进伏天里，向着秋天奔赴。玉米的壮实是名副其实的，它会让一块块农田释放出最大的潜力。在麦子倒伏的年景，村庄人眼巴巴地看着成熟的麦子一点一点长着芽，像树一样的玉米没有让村庄人失望过一次。雨水充沛，光照充足，地肥还在释放，玉米怎么会不好好地生长呢？

五

黄土高原上，能够长出壮硕的玉米的村庄是幸福的——大地丰收，四野葱茏。每一株玉米长得壮壮实实，叶子挽着叶子，把整个玉米地罩住了。我挤进一块玉米地里，昂头望着一株株玉米，估摸着玉米什么时候开花，什么时候抽出须子，什么时候玉米棒子可以下锅。类似的一连串疑问，在不同地块的玉米地里，被不同的孩子一次次问及。在村庄，还有什么农作物会像玉米一样，诱惑着一群群孩子，年复一年地昂起头来频频发问？

玉米利用一年不到的时间，长出了大地上最丰满的粮食。单从粮食成熟的周期看，它比一棵棵果树有能耐多了。比如桃子从栽下幼苗到长成树挂上桃子，需要三年时间；杏树从栽下幼苗到长成树挂上杏子，需要四年时间；核桃树和枣树呢，竟然需要十四年之久。不到一年的时间里，很少有哪一棵树能够长出玉米那么高的个子，而且成熟为饱满的粮食。

我不止一次地将一株株玉米比作一棵棵树，在黄土高原上的村庄，是恰如其分的。而且，玉米似乎总会有自知之明，它们不会白白地浪费大地的养分和水分。比方说，玉米日渐成熟的时候，根深，牢固，怎么也拔不出来。这时候，玉米使劲地生长着，就是为了那一个个丰硕的玉米棒子。待玉米棒子成熟收割了，从玉米梢到玉米秆、叶子，便悄无声息地干枯起来，露在大地上的玉米，不再吸收大地的水分和养分。待来年，好让别的庄稼接着生长、成熟。玉米秆渐渐风干，村庄人除了当柴禾，还当作牛羊驴过冬的饲料。玉米一生中像树一样，把自己的全部呈送给了村庄。

玉米棒子收割回来，堆放在院子里。或是去皮，让黄灿灿的棒子在太阳下暴晒；或者将三四个棒子剥皮挽起来搭在树杈上、墙头上，让棒子在高处自然风干；或者干脆把玉米棒子的包皮全部撕掉，只留下光秃秃的玉米棒子盛入临时搭建的玉米楼里，让玉米干干净净地在那里待上一阵子。

冬天里，村庄到处是被盛放在高处的玉米，像挂在高处的太阳，把村庄照耀得亮亮堂堂。尤其是那些稳稳当当地架在树杈上的玉米棒子，让整个树都亮堂了起来。在阳光的照耀下，树成了名副其实的玉米树。

在黄土高原上的村庄，每株玉米的果实，就应该与一棵棵树以这种方式接近。这也一定是一棵树乐意做的事情。成长了一年的树，待玉米成熟后，替玉米做点事，就是替村庄人做点事。

六

黄土高原上，那些玉米不能成熟的村庄，也不是玉米的过错。少雨干旱，玉米生长得甚是艰难。倘若那个村庄的玉米枯死在秋天成熟的路上，整个村庄像是坍塌出了一个个黑窟窿，一点一点把村庄那点绿色吞噬了。天空的云重重地压了下来，让整个村庄的大地一下子矮了一大截。

没有经历过干旱的人，纯凭脑海中想象出来的画面，自然是模糊的、抽象的。黄土高原上的干旱，简直是一场灾难。

大旱之年，田里的玉米没有像树一样扯开叶子，也没有像树梢一样扬起头来，它们原本宽宽的叶子，在太阳的炙烤下，拧成了绳子状。而村庄周围的那一棵棵树呢，长得早已经打不起一点精神，一副垂头丧气的模样。鸟也不知道去了哪里，村庄突然没有了鸟鸣声；伏天，本该是蝉最活跃的季节，但蝉也一下子寂静了下来。

村庄人牵着驴或者骡马，奔波在寻水的路上。附近的河流断流，沟底的水泉干涸，水窖里存水见底。缺水与缺粮一样，一家人生活用水，能省则省。清晨，一家人洗脸，只用一碗水，轮流着洗。洗毕，再倒回水槽里，供牛羊饮用。村庄人看到谁浪费水，就认为那是一种罪过，不可饶恕。

要是哪一年，村庄里的玉米疯长，村庄里的万物都会跟着疯长起来。村庄里的角角落落，树也正在疯长，草也正在疯长，村庄的茄子、辣子、豆子、山桃都在疯长……村庄周围被绿色包围着，密不透风。

谁还会相信黄土高原上竟然有这样的天地？！

有雨的村庄，玉米会像树一样迅速地生长起来。村庄人在种植玉米的时候，一定不会忘记绕着村庄栽上一棵棵树苗。树会给村庄增添生机。那些高过村庄烟囱、屋顶的参天大树，像长了手一样，把远方的风抓住了，把头顶飘来飘去的云抓住了，把一场接一场的雨也抓住了。

有一年，在一座北方的城里，我曾经看见一块地里生长着壮壮实实的玉米，不知道是谁种植的。玉米结出了棒子，周围被半人多高的网围了一圈，像是长在村庄的园子里。那位在城里闲地上种植玉米的人，比有些城里人把辣椒、西红柿、黄瓜、香菜种植在塑料泡沫箱里直截了当得多了。不仅仅是玉米，应该让所有的农作物接触到一块土地，让它们像树一样扯开根须，好好地生长。还好，在一座城市的角落里，没有人觉得它们是多余的。

玉米之所以能够长在这座黄土高原上的城里，一定是有人把玉米当成了一棵棵树。城市被一幢幢高楼挤得满满的，角角落落都是水泥钢筋，没有一处裸露的黄土。人都拥挤在城里，城里能有一片玉米茁壮地成长着，这应该算是城里人的福分。

可是，在不少座城里，还有人把树栽植在一个巨大无比的木盆里，是易于搬动，还是利于观赏？还有，按照我很多年前发现的秘密：能长玉米的地方就能长树，如果玉米年年丰收，那么一棵棵树必会长成参天大树。可是我不明白，好端端的树长着长着，不少树梢已被锯掉了，甚至有些树只留下了光秃秃的树身，看上去像个没头的人。或者那些已经有了几年树龄的树，又被人连根拔起，换成了别的幼树。

城是老城，玉米是年年丰收，可是再老的城里也没有留下多少老树。近些年，一年走几趟农村，发现不少人已搬走，去了城里。不少的老宅子被荒草围绕着，村庄仅剩的一些树，已陆续被人挖走，留下一个个刺眼的树坑。在村庄，任何有生命的东西都似乎日渐沉寂。

或许，不论城里还是村庄，只能等待一株株玉米唤醒了。

一些云从树梢上掉下来

一块一块的白云，或者黑云，像是长了脚，一会儿跑到村庄这头，一会儿跑到村庄那头。村庄的天空，除了云块，什么也没有。

我不担心那些厚厚的云块落到树梢上，树会把它们托住。云块再大，树也不怕，它们能够托得住。村庄里的大部分树，都是为托住云而生的，它们天天追着云生长着，并渐渐长成一枝伞柄，一林伞柄。树长成了云的拐杖，把云块整天整天地托着，或者干脆在一场风中，把另一些快步跑动的云划碎。

我并不担心那些白云，白云远远看去像棉絮一样，落在树梢上，树叶一动不动。我担心的事情是，从树梢上跌下来的一大块一大块的黑云，是不是很重很重？树梢托不住了就纷纷掉下来了。纷纷掉下来的那一块块黑云，把一面天都给罩实了，并一点一点朝大地沉落。开始是跌在玉米梢上、高粱梢上，渐渐又跌在麦田里的麦子上，一根根麦子被压得东倒西歪，一旦一整片一整片麦子被压得贴在地面上的时候，我知道，一大块一大块黑云同时已经重重地跌在了一块块草地上。

黄土地似乎没有一块会闲着，田里长满了庄稼，荒山荒坡上，各种各样的小草紧紧地贴着地面。许多小草长足了一年也没有我的脚面高。它们不露声色地潜伏在黄土地上，挨挨挤挤地依偎在大地的怀抱里。每一棵小草，都在努力地把阳光和雨水日复一日的汇聚起来，并顺着根须一点一点输入大地。大地装满了阳光、雨水甚至每一滴露珠。我看见黑云跌在草地上，草的茎叶不再柔软，它们已经把身旁的黄土划出了一道道口子。

草叶起落，轻风泛起。我没有想到，比草叶更坚硬的，竟然会是乘黑云赶来的那一场场风。黑云卷起的风就像把铁梳子，把黄土梳理得松松散散，给四野洗脸去皮，让土地换上新黄。起风了，泥土的气息，如同鱼腥味一样随风乱窜，使村东头的黄土跑到村西头去，村西头的黄土跑到村东头去。而随风和黑云赶来的一场场雨呢，不知道在哪一年，竟然把村头的那座黄土山冲刷成一孔拱形的门洞，至今在村头伫立着。村庄人称其为“黄土之门”，也有人称其为“天下黄土第一门”。这道黄土之门，是村庄里的人，包括马牛羊，甚至风的必经之门。

在村庄里，黄土之门很普通，普通得如一个长在畦埂上的萝卜，一间败落的老庙，没有谁会对它高看一眼。地里长出那么多吃食，没人对一个萝卜昼思夜想。日升月落，槐树枝在地上留下浓浓淡淡的影子，与老庙在村口投射出的影子一样，谁也不会去留意。甚至当脚踏上那些影子的时候都不会减力放轻，谁会在意踩疼一个影子呢？门的作用只供进出便足够了，犹若老庙的作用只供空洞地瞻望村庄。

多少年了，黄土之门默默地矗立在村口，就是专门供村庄人或者牛马羊穿行的。那些牛马羊，被人们牵着穿行的次数多了，即便无人牵着，它们也知道黄土之门是通往外界的必经之门。除了牛马羊，还有那些黑蚂蚁，不知道是谁告诉它们的，它们出出进进，也是沿着这孔门洞。蚂蚁喜欢爬行在村庄人和牛马羊走过的路上。它们一定知道，沿着村庄人和牛马羊的路爬行下去，会有一路的惊喜。比如那一块块庄稼地里，就有一群蚂蚁是沿着村庄人和牛马羊的路赶来的。蚂蚁对村庄像人一样熟悉，经过黄土之门，它们能够爬进村庄，也能爬出村庄。要不，一群蚂蚁只能翻过一座接一座大山，才能去往它们想去的地方。

沿着一座大山洞开的黄土之门，像一个人巨大的手掌，把村庄各处的小路都汇聚到了掌心。沿着掌心散开的每一条路，不仅仅供人走，也不仅仅供牛马羊和蚂蚁走。各条路上行走的、爬行的，谁也不会干扰谁，蚂蚁爬行蚂蚁的，牛马羊走牛马羊的，人走人的。村庄的路是窄，可村庄的路并不拥挤。有时候，人骑在牛马背上，蚂蚁也悄无声息地爬上牛马背上，一同被牛马带一程。没有哪一只蚂蚁，会不喜欢跟着人悄悄地走村庄人的路。

风，也喜欢贴着路面行走。风散步的时候，步子很缓，很缓，它们还没有蚂蚁爬行得快。可是，风一旦跑起来，比村庄跑得最快的马匹还要快，风跑起来连谁也都不避让，甚至连同一路奔跑的风也不避让。风追赶着风，风摩擦着风。风一股脑儿地赶到村口，聚集在黄土之门周围，整个门洞成了个大风口，每一股风都争先恐后地猛冲着，像一股大水聚集在水洞口，水流湍急，不时激起飞溅的水花。我最不喜欢在黄土之门下做过多地停留，站在风口，会被正在赶路的风掀个趔趄。

我在想，要是没有这孔黄土之门，风只能绕着一座接一座的黄土大山赶路。可是，黄土高原上的山太多了，太大了，如果风昼夜兼行，不知道会不会累倒在半路上。还有那些牛马和人，会不会也同风一起累倒在半路上。如果他们都落在了半路上，那么村庄的牛马就难以成群，人就更难以群聚了：这座山头一户人家，那座山头另一户人家，整个村庄一下子便会显得四零五散起来。牛羊，人，树，还有风和一块一块的白云或者黑云，都是孤单的。我只能与牛羊为伴，与树为伴，与风和一块一块的白云或者黑云为伴，我也会孤单的。

一孔黄土之门，接纳了世间万物朝它涌来：牛马向它涌来，裹脚老太向它涌来，风向它涌来，几块白云或者黑云向它涌来，孩子们向它涌来，蚂蚁向它涌来，飞机向它涌来……这孔门，是村庄通往远方的幸福之门。要不是我一次次穿行过这孔黄土之门，我的世界又能大到哪里去呢？

春天里，我喜欢躺在黄土之门顶部的草地上，看一只只鸟朝村口飞来，穿过黄土之门，奔往别人的村庄，或者奔往远处的一棵棵大树。我惊叹鸟的探路能力，它们在空中一只紧盯着一只，拍打着翅膀飞翔，滑行，群起群落，它们不会一盘散沙。群鸟赶路的时候，最前面有个领路的鸟。那么这只鸟，它是怎么辨路的？它又是怎么才能找到群鸟，跟随群鸟一起飞翔的呢？一声声鸟鸣，清脆而幽远。这声音，是一只鸟向另一只鸟发出的召唤吗？村庄鸟的种类颇为繁多，麻雀低飞，老鹰高旋，燕子掠过……鸟的神奇并不仅仅在于飞翔，村庄的鸟儿倾巢出动，它们像村庄人随手丢出去的一把把种子，谁跟谁也不会撞在一起。天上不是地上，天上到处都是路。

“飞机，飞机……”正当我的目光追随着一群群鸟四处张望的时候，黄土之门下的小伙伴们早已仰头望着一架飞过村庄上空的飞机。飞机的嗓门真不小，“轰隆隆”的声响，像由远及近的雷声，每一次，总是声音先抵达村庄，好像是给村庄人报个信儿：“飞机来了！飞机来了！”大伙觉着飞机跟一只鹰大不了多少，甚至还没有一只鹰大。以至于我们中的好几个人，单从飞机传来的声音判断，一致认为飞机一准没有鹰飞得高，平着翅膀飞的速度也没有鹰那么快。

后来，我们发现一个秘密：那一架架飞机似乎跟村庄的黄土之门有个约定，隔几天总有一架飞机在同一时间段经过村庄上空。白天，每一架飞机都要从黄土之门的上空缓缓飞过，一点一点消失在云里。当然，当那一大块一大块的黑云压在树梢上，或者压在高粱、玉米、麦子、草地上的时候，我只能听到“轰隆隆”的声音。这就像夜晚飞过村庄的飞机，睡梦中我只能听到“轰隆隆”的声音。到了户外，我还会看见那几颗像星星一样一闪一闪的机灯，把村庄上空的夜幕拉得更长。黄土之门被璀璨的夜空紧紧地聚拢着，总不乏几颗星子儿穿过厚重的黄土之门。

再后来呀，也不知道具体是哪一天了，我突然明白村庄所有小伙伴的梦，都会像鸟儿或者飞机一样，腾空而起，最后穿过黄土之门，飞向远方。还有，我曾经最担心的那一块一块的黑云，从树梢上成堆成堆的跌落下来，看似重重地压在黄土之上。其实，所有的树梢都朝着云块，像花朵似的，偷偷地舒展开了。高粱、玉米、麦子和草，也像花朵那样偷偷地舒展开了。它们就像在参差不齐的黄土地上，架起了一个巨大的花环，密密地把黄土之门围拢着，这是一个温暖的拥抱。一个转身，一块一块的黑云，或将还给久旱的大地带来一场透雨呢。

终于，我像村庄其他人一样，对天空跌下来的一块一块的黑云，没再担心过。

第三辑

羊不是村庄的过客

羊不是村庄的过客

羊是奔着村庄来的，羊是奔着村庄一把把青草来的，羊是奔着村庄一把把青草成长自己壮硕的身体来的。在村庄，我不止一次强烈地感觉到，一群群来来去去的羊，更像是村庄的一批批过客。来了一拨，又去了一拨。

春天，漫山的野草醒了，冒出来的绿芽，一茬接一茬，从春天一直绿到了深秋。无论是哪一只羊，一辈子都好那一口青草。黄土高原上的村庄成全了它们。

伫立在村庄一道道山梁上，极目远眺，一片片像白云一样浮动着的羊群，把天边的白云和大地一次次紧密地连接了起来，没留出一丝缝隙，让人很难分得清楚，哪一块是云，哪一块是羊。

太阳悬在半空的村庄，静极了，没有一丝风。羊群齐刷刷地低着头，向着热突突的大地挪动，向着眼前抽出新芽的绿草地挪动。一群群羊的嘴唇，与村庄的大地靠近，与大地上的草地靠近，与草地上的每一根绿草靠近。那么多的羊，安安静静地吃草，迈出的步子是那么的轻盈，从牙缝里挤出“咩咩”的叫声，又是那么绵软和欢快。我的童年夹杂在羊群里，我能够听见每一只羊咀嚼青草的声音。一只只羊小心翼翼，轻巧地卷起嫩绿的青草，仿佛一点力气也不用，生怕将草连根拔起，弄疼了正在向上生长的每一根青草。

羊用叫声和嘴唇接近村庄的角角落落。羊对村庄比谁都熟悉，哪里是山梁，哪里是陡坡，哪里是塬面，哪里是山泉，它们似乎都想去一探究竟。日子久了，村庄便有了许许多多的羊道。隔着一条沟望去，弯弯曲曲的，宛如一条细带子缠绕山间。羊顺着羊道攀爬、奔走，相对是安全的。只不过，一群群羊开始探路的时候，总会有一两只羊一只蹄子突然踩空，从半坡上伴随着凄惨的叫声重重地摔了下去。发生这样的事情，不仅仅对一只羊是一次事故，对一个放羊的人甚至对一个家庭也是一次事故。

放羊的人，紧随羊后面，最怕的就是羊跑到了没有路的地方。一天，我看到一只小羊羔，被困在了一座山嘴上，“咩咩”地叫着。放羊人缓缓地向那一只被困的羊羔靠近，像护送自己的孩子一样，把羊羔抱到平坦的草地上。那一连串动作，熟悉而温暖。我想到了小时候的自己，一眨眼独自跑到高高的山峁峁上、柴禾垛的尖尖上，朝下一瞅，困在那里哭着求援。每次母亲都像那个放羊的人一样，展开双臂把我抱回平地上。

小时候跟随一位放羊的哥哥到山沟里打柴禾，返回途中，为了走捷径，扛着一捆柴禾走上了羊道。没想到，羊道只有一脚面宽，朝上看是陡峭的山坡，朝下看也是陡峭的山坡。我的身体紧紧地斜贴在半山腰上，上也不是，下也不是。正是晌午时分，太阳照亮了一面山坡，肩上扛的柴禾像是着了火一样，汗珠顺着脊背流淌。怎么办呢？想到母亲为了给我们烧煮每一顿饭，在黄土窑里被烟熏火燎的情景，我越发舍不得扔掉那一捆柴禾了。这一捆柴禾足够烧熟几顿饭了，我似乎能够看得见它在灶膛里噼里啪啦欢乐跳跃的火苗，这些火苗足以轻轻松松地煮熟几锅香喷喷的面条，蒸熟几笼散发着麦香味的馒头。自然，也能够煮熟农忙过后犒劳一家人的一锅羊肉。

那天，扛着柴禾，一步一步地挪动着，我几乎能听见从自己体内发出的“呼哧呼哧”的喘气声。我用一只手稳固柴禾捆，一只手紧紧地揪住草，手脚并用，硬是爬完了那一条羊道。到了塬上，我扔下那一捆沉沉的柴禾，再俯视那面陡坡，不由得打了一个寒战。

那年，我不舍得扔掉那一捆柴禾，就像一群群羊不舍得放弃一块块翠绿的草地。后来，渐渐长大一些，我发现羊粪蛋竟然像宝贝一样，放羊人也不愿意放弃。那些年，每一个放羊的人，肩上挎着一个敞口的蛇皮袋子，手里握着一把小铁锨，跟在羊群后面捡拾羊粪蛋。后来才知道，羊粪蛋可是上好的农家肥，按一小袋一小袋卖给城里人，给盆景、菜地施肥。在村庄，羊粪蛋施在瓜根周围，瓜藤扯得远，瓜甜；施在果树下面，果色红润，果甜。我和小伙伴们吃着甜甜的瓜和果，突发奇想地讨论着被羊粪蛋施过肥的瓜果，为什么那么甜呢？难道羊粪蛋里裹着糖？我们踩碎一堆羊粪蛋，羊粪蛋里并没有糖，羊粪蛋里装着的全是村庄的草。

在村庄，羊粪蛋是宝贝，羊更是宝贝了。村庄人对羊的保护和照料几乎是无微不至的。羊来羊去，在黄土高原上生存的三五年，跟村庄人共同生活在一孔深深的窑洞里。羊拥拥挤挤地站或者卧在窑洞里的黄土上，一铁锨黄土便遮住了羊粪的气味。羊似乎也通人性，安安静静地待在窑洞里，半夜里绝不打扰熟睡的村庄。

转眼已到中年，回到村庄，已经很难看到羊群出出进进村庄的情景。羊早已被村庄人圈养了起来，即使见到活生生的羊，大多也是在送别亲人的灵堂前。羊，在村庄人看来，它们是通阴阳的动物。人去了，人们要给逝者献羊。羊代替了人，是对逝者的一种祭奠，一种告慰。人，给羊赋予了一种捎话职责，充满神秘感。这也是羊在村庄人眼里不同于别的家畜的金贵和不可替代之处。

我不止一次看到村庄人跪着给逝世亲人献羊的情景，我知道人真正跪的不是羊，应该是灵堂后面那个与世长辞的人！但羊一定想不明白，人为什么会以这种方式祭奠亲人、感念亲人？数九寒天，偌大的院子里，哀乐阵阵，燃起的一堆堆炭火把整个院子照亮，院子里盛满水的大铁锅里已经热浪翻滚。一只只赋予了捎话职责的羊，最终结局还是和别的羊一样，走向了人们的餐桌。餐桌上的菜已经码放得满满当当，羊肉成了每一桌主打的必备菜，摆放在最中心的位置。我不知道，那位逝者，生前喝过几碗溢满葱花和鲜姜的羊汤，吃过几大块羊肉，喝过几大碗热酒。这或许是一个令人十分揪心、十分伤感的推断。

2019 年春节刚过不久，患病卧床一年多的八娘去世。我送葬返回后，吃着热气腾腾的羊肉，内心久久不能平静。对于人，羊一辈子有多少细节值得我们反思。比如说，羊为何会有跪乳之恩？一个小小的羊羔就懂得跪谢羊妈妈，小羊的这一跪，跪的不仅仅是羊妈妈，跪的一定还有黄土高原上的大地、山川、河流、嫩草和黄土窑里的放羊人。羊羔长成羊，它不仅会留下羊粪蛋、羊毛、羊皮和羊肉，还会留下“跪乳”的故事。我突然明白，羊来我们村庄不仅仅是为了吃草，它们来村庄就是为了报恩的！待村庄周围弥漫着羊的气息，羊便融入到了我们的村庄。

羊不是村庄的过客，羊的祖籍就是我们黄土高原上的村庄。

田地里的草人一个接一个，就是在一群群麻雀飞来飞去的时候突然冒出来的。

猪这一辈子

我想给猪做点事，比如扔一筐筐青草、一块块西瓜皮，让猪知道村庄的青草长高了，瓜果园子的西瓜上市了。我喜欢看着猪吃青草和西瓜皮。猪吃得很满足，我看得很高兴。

猪不像羊呀马呀牛呀，在村庄的小道上，看到鲜嫩的青草，走着走着，扭过头去，就可以随意叼几口。而猪呢，自从来到村庄，它的世界就那么点大，被圈养在矮矮的土圈里，圈外面全是活泼泼的村庄，猪却没有机会靠近它。不知道猪做错了什么，一辈子就那么被囚禁似的圈着，它对村庄是陌生的，甚至它对村庄其他被圈养的猪一样也是陌生的，猪一定孤独极了、无聊极了。于是，吃食、睡觉、长膘，便成了猪一辈子的本事。

在村庄，我感觉猪对我不是陌生的，它能判断出我的脚步声，它能判断出我是不是给它喂食来了，甚至还能判断出是喂青草还是西瓜皮。每一次，还没等到我靠近它的圈口，猪已经昂着头，哼哼唧唧地叫唤起来，摆动着尾巴，这是猪与人的沟通。我撂在圈里的青草，猪开始是捡嫩草吃，捡嫩草的叶子吃，捡它喜欢吃的嫩草的叶子的茎秆吃，慢慢地，猪把其他茎秆都捡了出来。这一连串动作，猪都是用嘴巴完成的。

大多数时候，给猪捡青草都是孩子们的活。放学后，周末，要么三三两两，要么四五成群，捡拾自己家猪喜欢吃的青草，把筐装平了，再用双手朝下压实，再捡拾些，这样才够一头猪几顿吃。不过，顿顿青草伺候，猪容易拉稀，只能将草铡碎，和上饲料，一筐草也足够一头猪吃一两天。与别的家畜相比，猪不算挑食，吃嘛嘛香，并吃得干干净净。

除了给猪捡拾青草外，我还拉着架子车到乡镇的集市上给猪捡拾过西瓜皮。西瓜摊前，我等着一个个吃瓜的人把一块块瓜皮扔到地上，我便迅速走上前去捡起来码放在架子车厢里。上街给猪捡拾西瓜皮的大多都是孩子，家里经济自然都不是很宽绰。要想快一点捡拾满一车厢西瓜皮，就要看天气给不给力了。气温越高，西瓜摊前的生意自然越好。而我就是混杂在那些捡拾西瓜皮的孩子群里，每个孩子汗流浃背，饥渴难耐，却就是没有钱买一牙五分钱的西瓜解渴。待车厢捡拾满了，实在口渴得不行，便摸出兜里仅有的一分钱买杯凉水一饮而下。

猪是喜欢吃西瓜皮的，吃饱喝足，也便不再叫唤，在圈内悠闲地转来转去，它的世界就圈那么大，它不断地这儿嗅嗅，那儿闻闻，不知道它那巴掌大的世界里有什么好嗅的。猪的世界，或许我们人真的不懂，比如它对自己往后的日子怎么想，它对村庄人怎么看，它对吃饱喝足去田里日复一日耕种的牛呀马呀驴呀又怎么看。猪似乎除了跟人简单的沟通外，猪见到牛马驴，连正眼也不看一眼。猪什么意思，牛马驴或许懂得。而比猪高高大大的牛马驴呢，对猪或许是另一番看法，觉得猪长得黑不溜秋的，除了吃喝拉撒、长肉长膘，似乎没有别的什么能耐。

后来发生的一件事，让我对猪刮目相看。那年秋天下了一场大雨，那孔渗坑里的雨水很快积满了院子（黄土高原人家用于存储雨水，有十多米深）。院子里的雨水渐渐涌向屋子。正着急时，猪冲出圈门，在院子里跑来跑去，我上前赶猪进圈，猪却冲向院子中央的渗坑，不慎掉了进去。我们不知所措，认为这下猪必死无疑了。过了五六分钟，猪竟然撑开四肢，扑腾着浮上了水面，并从渗坑里爬到了院子里。猪还能游泳，它这项特长又是谁传授的，还是先天就会？猪顺利脱险，意外地活下来了。

看着猪一天天强壮起来，父亲估摸它够出售标准了。出售那一天，我们给猪专门安排了一顿精料，像是告别。猪几乎是狼吞虎咽着吃完的，猪不知道，吃了这顿精料，我们将送它去该去的地方。我们把猪装在架子车厢里，用绳子缚住，给它嘴边放了一堆青草。走出村庄的路上，猪不时回头瞅瞅，又不时地吃几口青草。这是猪生活了一年的村庄，不知猪是否记得当初来到村庄的路，它对村庄的生活是否心满意足。

来到集市上的时候，已经半晌了。我们把绳子解开，让猪原地待售。好不容易等来一家买主，对猪的体相还算满意，正当准备过秤，猪却不争气地尿了起来，那泡尿，差点把猪给冲倒。我心里叫苦，心里骂它尿水再多，也不该选择这个时候啊。它这么肆无忌惮地尿，对得住我曾经给它捡拾的那一筐筐青草吗？对得起我为它到集市上捡拾的那些西瓜皮吗？正是它那泡尿，猪的价格标准由二等一下子降到了三等。父亲安慰我说，咱家猪吃青草和西瓜皮吊命，临出售前还遭了大难，卖个三等，值了！值了！

来一个人与走一个人

村子里来一个人，比如哪家生了孩子或者将要娶媳妇，这都是主家非常喜庆的事儿，需要摆酒设席的。我乐意去美美地吃一顿。而若是走了一个人，那就得看走了人的岁数了。岁数越大，丧事一般办得也会越大。搁在阔绰一点的人家，杀一两头猪宰七八只羊也是常有的事。说是尽孝，其实都是活人的好事。

孩子们不傻，他们懂得村里来一个人与走一个人，去了都会有好吃的。记得我八岁那年，三娘生了堂弟，她一天三顿都有谷米粥喝。我是在院子里玩耍的时候，被厨房里散发出来的这种陌生的味道吸引住的。我做出了一个孩子对待美食本能的反应，回家拽着母亲折返到三娘家，喝到了一碗谷米粥。我不相信谷米粥是黄土地上生长出来的。后来我才知道，村里之所以很少有人专门拿出一块好地种谷米，还是考虑到它的产量太低。加之，单家独户的种那么一片，让群集赶来的鸟都吃光了。

我熟悉大地上生长的每一种粮食。每年春季，无论哪一块苜蓿地发了芽，第一茬都留给了人当粮食一样吃。等下一茬长上来了，才有牛羊的份。至于玉米和麦子，我一年四季似乎都没有离开过。或许是食物过于单调了，也就没有什么可挑得了，到处都是熟悉的味道。在村庄，人的嗅觉，不比牛差，不比羊差。走着走着，身后一茬草刚刚被人割倒在地，浓浓的青草味扑鼻而来。不用回头探望，便知道这味道一定是苜蓿草散发出来的。除此而外，站在一块玉米地旁，闭上眼睛也能够嗅得出它们是玉米；站在一片麦地旁，闭上眼睛也能嗅得出它们是麦子。

人熟悉一种粮食，就像熟悉一个人一样，不仅远远地能够从背影里知道那人是谁，而且还能够从庄稼地里传出来的一声喷嚏里分辨得出。在我的印象里，村庄的粥除了玉米，似乎再也没有别的。到了冬天的早晨，家家几乎总会熬一大锅玉米糁粥，就着咸菜，两碗下肚，全身热热乎乎的。直到堂弟来了，我才知道了谷米粥比玉米粥好喝多了。直至多年后，无论我在村庄哪块地里看见一根根沉沉的谷穗，都能嗅得出它那淡淡的清香来。

至于在席间吃到的那些美味，至今难忘。不过，搁在今天，那都算些再普通不过的家常菜罢了。菜和汤都盛装在八个碗里，四菜四汤。说是菜，实则主要都是靠豆腐坐镇，豆腐上面盖一层几指厚的大肥肉片。碗里的豆腐，是事先把整座豆腐切成片过了油锅的，油炸不能过轻也不能过重，轻了色太淡，重了有股焦煳味。等色上得差不多了，捞出来晾晾，再用刀斜切成大小均等的菱形备用。坐在席间的人，最先动筷子的便是坐在上席的长者，长者动筷后示意其他人动筷。很快那些油腻的肥肉片便被人们抢着夹走。我也爱吃，肥肉解馋。开始我怕油腻，就着馒头慢慢细品。结果，筷子动得慢了就没有了。以后有机会坐席，我便像吃菜一样吃肉，而且不停筷子。至于碗里的豆腐，最终还是一块不剩。就连那靠粉条、黄花菜、萝卜丝主打的四碗汤，也吃喝了个精光。

一张桌子坐八个人，八个人就是八个席口。孩子不能占席口。轮到大人坐席，大人坐定，孩子只能站在大人面前。原则上，一个大人只能带一个孩子。知道哪家娶媳妇或者孩子过满月，家里几个孩子提前七八天就开始念叨了，纷纷讨论着这次该谁去跟着大人吃席。去的孩子多了，说不准哪个孩子就吃不上席。

一次，村里一个哥哥结婚，我和妹妹准备跟母亲前去吃席。那时候上礼是五元钱。礼桌就摆在大门口旁边，上了礼才能进院入席。母亲上礼后，我跟随在母亲后面，走进院子，满院子洋溢的都是香喷喷的气味。我用鼻子狠狠地吸了几口，和着口水满足地咽进肚子里，心想，今天我又要美美地吃一顿肥肉片了。刚刚准备坐席，却被谁拽了出去。我回头一看，是新郎的两个弟弟。他们把我拽到一旁说，你们上了一份礼，却来了三个人吃席，不行，这席你不能坐。那年我虽然小，但这些话我听得懂。那天席没有坐成不说，我还挨了母亲一顿打。母亲嫌我脸皮薄，太老实，被人说几句就不坐席了。可是，那天经历的事情，我觉得已经伤到了一个小孩子的自尊心。

那些年，遇上哪家娶媳妇或者是给孩子过满月，家家户户的小孩子都会争着跟大人去坐席的。可是遇到谁家有个人离世了，走的人年龄没有过六十岁，大人是不让孩子参加的。只有高龄老人离世了，才允许孩子们前去坐席。杀了猪宰了羊的席就是不一样，油水大，肉也多，一桌席坐下来，满口盈香，肚子能实在几天。我发现，年龄越大的老人离世，子女已是六十岁的老人，想哭也哭不动了，丧事似乎成了喜事。这场面才适合我大口大口地吃肉。有一段时间，我心里默默地为村里每一位老人祈祷，祝愿他们个个都活到百岁。待他们走了，我才能吃得心安理得旁若无人。

自然，一个人走了是悲伤的事，但我最不喜欢硬把自己融入那种过度悲伤的情景了，该哭的时候不仅要哭，还必须哭出声来哭出泪来。一次次，哀乐奏起，孝子跪地，哭啼不止，我待在一旁，不知啥时候两股泪水从眼角溢出，哗哗啦啦的。记得村里一个人走了后，我本是偷偷摸摸地前去想坐席的，不承想，由于走的人年龄不大，是跟男人赌气喝了农药结束了自己的生命。她的三个孩子还小，在灵堂前一声接一声唤他们的妈，撕心裂肺地哭着。直到起灵送埋那天，三个孩子仍然悲痛欲绝，一个个爬起来朝墓坑里跳。在场的大人没有一个不流泪的。我实在看不下去了，偷偷地跑回家去了，这席不吃也罢。

等我稍大一点，感觉小孩子跟着大人吃席，多少还是有点混吃混喝之嫌。尤其是跟母亲那次吃席，我被人拽了出来。待我能端稳我家的吃饭盘子了，我就想，哪家过事，我也可以像其他孩子一样，给席里用盘子端咸菜和馒头。端了盘子的孩子，坐席的时候，再不用站在大人面前，主事的总管会给孩子像大人一样专门留出一个席口，让孩子吃饱喝足了好端盘子。我早就看好这份美差了。可是，那时候端盘子的人特别多，村里还有不少大人参与其中，每一次都不一定轮得到我。一旦端不上盘子，我只能站在大人面前吃席。我高晃晃地绕在大人面前，影响大人吃席不说，有时还被同一桌上的其他人质问："这娃吃饭晃啥哩？"每动一次筷子，像是向别人乞讨一样，拘谨极了。这样的经历，有过几次之后，谁家的席我也不愿跟大人去了。除非把我像大人一样对待，给我留出一个席口来。

好在，我十二三岁的时候，寒暑假期，遇到谁家过事，我能端到盘子了。端盘子其实是个辛苦活，负责端上席的人，席毕还得把空盘子端回去。往往返返一天下来，脚和胳膊一阵阵酸疼。累是累了点，但不再站在大人面前吃席，我拥有了自己的一个席口，我爱怎么吃肉怎么吃肉，我爱怎么夹菜怎么夹菜。这才是坐席该有的样子，这样才能吃美。

那些年，村庄来一个人与走一个人，不仅是主家的大事，而且也是一村人的大事，大家不请自到。在总管的安排下，该端盘子的端盘子，该劈柴的劈柴，该烧水的烧水……大家一起迎接一个人或者送别一个人，每个人都把自己融入其中。偌大的院子里，烟火之中萦绕着的是一村人的和气。

时间过得真快，不知不觉我已经是个中年人了。我也说不清楚，自己是从什么时候开始不再念叨端盘子混吃席的事情了。但可以肯定的是，近些年村里不论谁家遇到过事，端盘子的人渐渐稀了不少。个中缘由，是一部分人像我一样离开了村庄，驻扎到了城里。因此，一个村子的人不够用，主家还得挨家挨户上门邀请邻村的人来帮忙。一个事过下来，花钱是小，主家忙得够呛。还好，现在已经有一些年轻人将孩子的满月酒、结婚仪式订在了酒店举办，白事仍然搁在家里办。

我断断续续回去几趟发现，如今村里迎接一个人或者送别一个人，席里的菜品丰富了不少，几乎是酒店里有的村里的席上都有。入席坐定，大家不再像我小时候那样频频动筷子了。或许，大家不再是奔着吃席而来，而是出于礼节性的走动罢了。

席间，旁边不时有人问："今儿咱们吃的是什么席？"

猫未曾忘记回家

白天，我一直给猫拴着一根绳子，绳子的末端还一直绑着块砖头。只是到了晚上，关闭好门窗，我才敢解开系在猫项圈上的绳子，免得猫捕捉老鼠时被绳子绊翻。

猫的性子看似老实、温顺，其实不是，我总觉得猫与其他家畜比，算是最野的了。若不是被绳子拴着，猫不知道已经逃脱了多少次。猫一直想着跑到外面去，外面到底有什么令它牵挂的？这个问题困惑了我很长时间。

有时候，猫硬是把系着的砖头拖出了屋子，拉到院子，最后拉出院门。猫看似在追一群麻雀，猫距离麻雀近了，麻雀却扑棱棱飞走了。飞得也不远，落在距离猫不远的地方，继续朝着猫的方向“啾啾啾”鸣叫个不停。猫试着猛扑了几次，还是被那一块该死的砖头沉沉地牵着，并弹回原地。猫也“喵喵喵”地叫了几声，像鸟声一样脆亮。

记得有一次，猫还是成功抓获了一只麻雀。那只麻雀一定跟猫不陌生，是麻雀太大意了，它一定是觉得猫抓不住它的，心存侥幸地朝猫一点一点靠近，结果被猫一个小小的前扑，等那只麻雀反应过来，已经被猫的双爪牢牢地压着。麻雀一定认为自己死定了，想挣扎着逃脱，刚刚一拍打翅膀，还没有飞得起来，便被猫一爪子打落在地。麻雀只好乖乖地屈就猫爪之下，等死。可不知为何，猫并没有动嘴咬麻雀一口的意思，它只是用两只前爪把麻雀拨来拨去，似乎是在跟麻雀玩呢，又似乎是在给麻雀一个教训，让麻雀长长记性。猫或许不饿，或许猫还想在随后的日子跟麻雀好好地玩玩。最后，猫还是放过了麻雀。

捕鼠是猫的天职。我想，猫对待老鼠若像对待麻雀一样的态度，那后果一定很严重。当着主人的面，若有只老鼠在屋内逃窜，或者正在偷吃粮食，这时候，猫该出击了。猫的胡子上翘，尾巴变粗，叫声变重，几个箭步，扑、打、咬结合，几个回合后，老鼠便被猫咬住了。若一只老鼠被猫咬着不松口，老鼠很快就会死掉的。猫抓老鼠的本事，事关人对猫能力的认可。要是猫不抓老鼠，猫便很快会被主人领出村庄，卖给其他人。

猫算得上是村庄最金贵的家畜，它可以登堂入室，跟主人平起平坐，其他家畜见得多了，即便再厉害，见了猫，也会礼让三分。比如狗，有时候会追着鸡满院子跑，直到鸡飞到墙头上为止。狗再厉害，它就是不敢撵着猫跑。狗若撵着猫跑，主人还是偏向猫的，给猫护驾。狗只好自讨没趣，便再不敢惹猫。猫的尾巴一下子翘得很高，一副趾高气扬的样子，在院子里拉着砖头转上几圈。

平日里村庄人之所以对猫高看一眼，或许看重的正是猫保护粮食不被老鼠糟蹋。猫在用自己的本事护着人用汗水换来的劳动果实。可见，猫的作用，其他家畜是无法取代的。猫呢，吃得也比较挑剔，就捡好的吃。吃馒头的时候，常常先等主人嚼得不软不硬，猫吃的时候再用牙尖尖碰一下，接着才咬一小口，慢慢悠悠地吃起来。就这，猫也都不好好吃。家里若有点肉，人一定会给猫剔些细肉，供猫享用，剩下光秃秃的骨头呢，才会扔给狗吃。狗叼起这样的骨头，比猫吃细肉还欢喜，给主人不停地摇着尾巴。

村庄人，不会亏待猫。而猫呢，似乎总是想着如何逃脱。一次，猫带着绳子跑了。带着绳子跑出去，人最担心的是绳子在高处被什么东西缠住，会把猫吊死。村庄里一夜跑掉几只猫也不是什么稀奇事。猫前脚跑了，人便到附近的柴禾垛上、水洞里、墙头上、树上，一阵又一阵“咪咪咪”地唤猫。若村庄几只猫同时跑丢，便至少有几家主人出来四处唤猫。猫若在附近，便会应声——喵……喵喵，叫声细长而委屈，并跑向它的主人怀里。没有寻回猫的主人，还在继续叫猫，身旁寻到猫的人宽慰他说：“猫记得回家的路，说不准半夜里自己就跑回来了。”村庄人说得不假，半夜里自动跑回家的猫的确不少。

可是，我家那只猫，是带着绳子跑掉的，它半夜里不但没有自觉跑回来，接连三四天也不见踪影。我跟家人，白天和黑夜去了很多地方，到处叫猫，可是我家的猫迟迟没有应声。我很快断定，我家的猫要不死掉了，要不就是被别人圈养了。七八天过去，我们放弃找猫了。生死由命，富贵在天。但愿我家的猫是只富贵猫！

我家的猫，我家带着绳子跑走的那只猫，在我们一家人都快要真正忘掉它的时候，竟然回来了。回来的时候，它带的绳子没有了，脖子上的项圈也没有了。这么多天，猫在外面经历了什么事情，它是怎么取掉绳子和它的红项圈的，它在哪儿吃哪儿住？我抚摸着猫，想了一连串的问题，但猫不能告诉我，它只是亲昵地向着我叫几声。从此，我们再也没有拴过猫。其间，虽然这只猫断断续续跑走过几次，但很快就返回了。

近些年，村庄种粮食的人越来越少，养猫的人也越来越少。养着猫的人呢，似乎并不是为了让猫抓老鼠，而是让猫陪伴自己。猫成了他们的宠物，这对猫来说是好事，还是坏事呢？至于那些没有被人收养的猫，似乎也并不愿意离开村庄，它们三五成群，结伴穿行在村庄的角角落落，好像是丢不下什么东西。是当初那只没有被它当真要咬死的麻雀，还是村庄不时出没的一只只老鼠？也可能是，它们已经习惯把村庄当成它们的家；它们哪里也不去，跟村庄人一起快乐生活，万事顺遂便好。

想着村庄那些猫，我感觉猫就像个村庄的孩子，看似一直想着离开家，到外面去走一走，但一直未曾真正忘记回家的路，也未曾忘记回家。

狼迹

1950 年的冬天，黄土高原上所有村庄最为萧条和冷落的日子。寒风像个淘气的孩子，绕着村庄窜来窜去，冬天的村庄一天接一天地打着寒战。没人说得清，狼是哪一天混进村庄的。

白天，狼偷偷地潜藏在雨水常年冲刷形成的山洞里，一到晚上，潜进村庄，咬死了羊、猪或者鸡。村庄人怎么也想不到这是狼干的。以至于后来，有一些村庄的孩子不见了，人们循血迹找到了孩子衣服，这才知道，这一只只像狗一样的动物，会叼走孩子。

那动物不是狗，是狼。

村庄的许多人，那时正在经历着一场饥饿。野菜、菜根、榆钱儿、槐花、苜蓿……村庄人四处寻找，挖野菜，挖钝了小刀；捋榆钱儿、槐花，捋得春天里刚刚焕发生机的榆钱树和槐树留下光秃秃的枝条；掐苜蓿，掐得一块块苜蓿来不及冒出新芽。人饿，狼也饿。它们不仅出现在夜晚的村庄，大白天也神出鬼没地出现在大塬上、沟壑边，独行，或者三三两两结伴而行。它们像吹过黄土高原上的一股风，说来就来，说去就去。

至今，没有人知道到底有多少只狼潜入过村庄，也不知道那些狼是从哪儿来的，它们为何会盯上黄土高原上一个个并不富足的村庄？我想，在自然界的食物链里，能够吃掉狼的动物有老虎、豹子、熊等，但是老虎、豹子、熊远离村庄，狼也就不可能成为这些动物食谱上的美餐。加上狼的嗅觉和奔跑能力，它们也不可能成为村庄人的猎物。

村庄的狼，是安全的。而人呢？

我不知道，村庄会有什么吸引狼的食物，是田鼠、兔子、野鸡、羊，还是猪？村庄的老人们回忆，饥饿的村庄，不会给狼留下这些。唯有茂密的林区，生存着田鼠、野兔、野鸡，那么，狼为何远离林区而逼近村庄？有一种可能，那就是林区的植被遭到了破坏，田鼠、野兔、野鸡失去了生存的土壤。无处觅食的狼，这才凶狠狠地来到散发着淡淡烟火气息的村庄，猎食。

村庄人在与狼一次次的对峙和较量中发现，狼的凶残、狡猾、贪婪，远在老虎、豹子和熊之上。狼是恶的，狼所到过的地方，不仅会伤及羊、猪，而且还可能伤及孩子甚至成人。

狼的突然出现，使黄土高原上的一个个村庄，笼罩在恐惧之中。一场场带着血腥味的人狼之战，正式开始了。

狼冲进羊群不只是为了一只羊。它会一只接一只地咬死羊。少则五六只，多则十多只。这还是一只狼的所为，若随着狼数量的增多，别说一群羊，就是整个村子的羊，也经不起狼的几次突袭。面对狼的又一次偷袭，羊群像被重物击中村头那棵大树上的马蜂窝一样，咩咩惨叫。羊受到了惊吓，迈着碎步，瞬间失去了方向，不知朝哪里逃是好。羊群往往会原地打转，乱作一团。这时候，狼是兴奋的，迫切的，威风的，让整个村庄颤抖。狼比疯了的狗还疯，咧开血淋淋的嘴巴，露出血淋淋的牙齿，有的羊被它咬断了脖子，毙命；有的羊被它叼去了尾巴，撕去了耳朵，逃窜。狼的牙齿，似一把锋利无比的刀子，投向哪儿，哪儿就是一片狼藉。

一只狼与一个成人，通常是互存戒心，谁也不随便袭击对方。只是，若夜晚遇到一只饿狼或者母狼，狼会悄无声息地紧随其后，寻机扬起前爪拍打人的后背。待人扭头回看的瞬间，狼会叼住人的脖子，率先进攻。它会腾扑结合，口爪并用，忽前忽后，忽左忽右，即使人持棍棒，也只能周旋，无进攻机会，最后还是人精疲力竭，丧生狼口。

一天，村里传开一个消息，说是一个贩卖瓦盆的外地人被狼吃了。事后发现，那一次人与狼的战斗场地足有半亩地块那么大，满地撒开的瓦盆没有一个是完整的，质地结实的桑木扁担也断成了三截儿。村庄人猜不到，那个贩卖瓦盆的外地人，到底是跟几只狼斗，一只，两只，还是三只？夜幕之下，狼与人之间的那一场恶战正在如火如荼进行，那个卖瓦盆的人，一定是把瓦盆、扁担当成了对付狼的武器。自己亲手烧制的那两大筐瓦盆，本是想卖后弥补家用的。可在这个几乎让人没有丝毫喘息之机的夜晚，那个卖瓦盆的人，被狼逼到了万般无奈的困境之中，一个个瓦盆像上满了子弹的枪一样重重地射向狼。狼，双眼总是冒着一丝丝绿光，寒气袭人。瓦盆一次次落在狼身上，或者落在地上，每发出一声脆响，那个卖瓦盆的人，心里就咯噔一下。

现在，抛掷出去的所有瓦盆碎了，扁担折了，狼仍然气势汹汹地向人扑面而来。人怎么顺利地脱离狼口呢？村庄人说，要想不被狼吃掉，狼若尾随其后，人是万万不能背着狼快跑的。最好是面朝狼，退步，人与狼四目相对，狼也就与人始终保持一定距离。人再伺机迅速占据有利地形，要么背靠墙面，要么背靠墙角，持械以守为攻，才能避免腹背受敌。

村庄人还说，狼最怕像蛇一样的绳子。狼若扑来，就抖动绳子。那么，狼会不会怕蛇呢？蛇若跟狼真正斗起来，谁又会占上风呢？狼倘若不怕在草地上飞驰、在水中穿梭的那一条蛇的话，那一根在狼眼前奋力晃动的绳子，会不会一下子削弱了对狼的震慑力呢？这是一个复杂而冒险的问题，毕竟一头牵动着的是人命，一头牵动着的是狼命。当然，即便狼怕舞动的绳子，但人还是难以预料狼的反应，心中难免发颤、怀疑。毕竟，谁都知道，一根绳子在狼眼前的比比划划，对狼是没有直接杀伤力的。若一旦被狼识破，人岂能逃过村庄又一场人与狼的悲壮之战？

若想从狼口里夺回孩子，只有一种可能，那就是多人喊叫，及时追赶，狼才可能扔下孩子逃窜。狼容易叼走孩子，是孩子个子矮，对狼没有一丝威胁？还是狼把孩子当成了咩咩叫着吃草的羊？还是由于当时村庄的医疗条件所限，村庄婴幼儿夭折后，家人弃之野外，为野狼所食？要不，狼怎么敢朝三五个叽叽喳喳吵闹着玩耍的孩子逼近，并下口。狼冲进孩子群，叼住小点的孩子不松口，大点的姐姐或者哥哥摔起一只捡拾猪草的草笼子，奋力抡过去，歪打正着，草笼子套住了狼的头。狼或许没有想到，像羊一样的孩子竟然会向它出击，狼松口，甩脱草笼子。这一间隙，孩子跑了，狼也跑了。孩子救了孩子。从狼口里被夺回的那个孩子，缺了一只耳朵。后来，村庄人吓唬孩子说，看你们还敢到处乱跑，村里谁谁谁不听话，他的耳朵就是被狼叼走的。

“一只狼，咬断庄”，这是村庄人曾经留下来的一句俗语。看来，那时候，无论是狼与羊、猪，还是狼与人，似乎到了势不两立的地步。人对狼的恐惧心理，与日俱增。即便二四个人，遇到一只狼，也是常常被狼镇住，吓得浑身发抖——村庄人说，人一旦遇到狼，狼便会伸出前爪刨土，狼一旦刨了土，人就会喊不出声来。村庄人说，人的声音被狼刨的土压住了。事实会不会像村庄人说得那么玄乎？我想，应该是人遇到狼过于紧张和恐惧，才喊不出话来的。喊不出话来，自然是危险的。

遇到危险，尤其是危及到生命安全的时候，人的紧张和恐惧是极容易外露的，露在眼睛上，露在胳膊上，露在腿上，露在汗滴上，甚至露在每一根头发上。人在过度恐惧的环境中，头发直立。或许狼正是抓住了人的这一弱点，人与狼的反差才是那么明显。人狼对峙，人宛如热锅上的蚂蚁，心神不定，而狼呢，冰冷得像座雕塑，向人步步紧逼。

北方的村庄，被狼围困。狼长长的嚎叫声，穿透没有一丝风的村庄，令人毛骨悚然。狼成为村庄比天灾还严重的灾患，狼一日不除，人一日不安。怎么除？许多村庄抽调年轻力壮的村民成立打狼队，他们扛起农具和自制的土枪，穿村下沟，寻狼打狼。面对村庄人的进攻，狼凶残快捷，一次次轻松脱离险境。

说是打狼，其实连一根狼毛也没有伤着，狼也更为猖獗。一次，一支十余人的打狼队，包围了一只狼，与狼对峙中，没有想到，狼竟然绕“S”路线朝持枪人快速扑来，枪响，狼比枪还快，猛地一跃而起，叼走了那个持枪人的下巴。持枪人下巴血肉模糊，狼逃脱了。村庄人给持枪人起了个“狼咬”的绰号。“狼咬”从被狼咬去下巴的那天开始，对狼彻底认怂了，再也没有跟狼交过手。

当然，村庄人自制的“土枪”，与如今的猎枪，在火力上，在射程上，在精准上，均没有可比性。那时候的土枪，装的是沙石和火药，射程和射力都有限，只能在有限的距离内，以静打静，比如打落在树上的鸟，打跑在野外静静吃草的兔子，打蹲在一块阳光下歇息的野鸡，持枪人偷偷地靠近，土枪瞄准，扳机，枪响，才可能击获猎物。而狼，不会像鸟、兔子和野鸡一样，等着挨枪。没等人靠近，狼早已察觉。于是，打狼队以静制动，以动打动，放出的许多枪，都是伤不着狼的空枪。

不过，村庄人还是慢慢地掌握了不少狼的习性。比如，狼是有狼道的，它们常常会顺着狼道往返、觅食，循狼道跟进，人们会远远地望见狼洞口所处的位置。还有，狼在暗处，人在明处。狼发现攻击目标，先是潜伏下来，静观其变。狼找人容易，人找狼不易。人与狼相遇，狼可能会随时偷袭攻击，人却是被动的。

村庄人要安然生存，就必须要有战胜自然的气魄，对于狼，只能是人进狼退，让狼远离村庄，避免狼对人类的威胁。那么，狼有没有怕人的时候呢？如果人撵到狼洞里面，狼又是一副什么模样呢？

揭开这个秘密的，不是别人，正是土生土长的村庄人。他叫郭兴唐。他独自闯进狼窝捉狼，狼一见人来到它的窝里，有的急得乱奔乱窜，又是拉屎，又是撒尿；有的缩成一团，一个躲到一个身后，推磨似的转个不停；有的则静静地卧在地上，乜斜着眼儿等着就擒。

郭兴唐随身带着的武器有四件：一是虎叉，二是罩狼嘴用的铁笼头，三是几条绳子，四是一根二尺多长的铜管旱烟锅。每当进狼窝捉狼的时候，他先是用刚刚抽过的灼热的旱烟锅头在狼鼻子上狠狠地敲一下，然后不慌不忙地给它戴上铁笼头，用绳子捆住它的前后腿，拖到洞外边。

没有见过世面的小狼和大狼不一样。在洞里捕捉小狼时，小狼有时龇牙咧嘴反抗。遇到这种情况，郭兴唐就猛地卡住小狼的脖子，双手举起来，用力向地上一摔，狼腰就被摔断了。

就这样，一个人，跟着狼，尾随其后，进狼洞，一窝端。事实上，狡猾的狼不可能总是待在洞里等着被人捉，它们也经常倾巢出动，外出觅食。对此，郭兴唐干脆偷偷地蹲在狼洞里，一边给他的铜烟锅续上旱烟，一边等着群狼返回来，对其一一进行捕捉。

没想到，人怕狼，狼也会有怕人的一天。郭兴唐帮助村庄人捉狼 114 只，被誉为“打狼英雄”。1979 年，他被授予“全国劳动模范”称号。特殊的时代，战胜狼，也是英雄之所系。

消除狼患，郭兴唐是村庄涌现出来颇具传奇色彩的人物。据说当时有人想拜他为师，学习捉狼独技。但他一个徒弟也没有收，他称捉狼是冒险的，捉狼也是被逼的，独自闯狼洞只是为了撵狼早一天离开村庄。

村庄人也曾经猜测，郭兴唐当年拒绝收徒，除过安全考虑之外，还有一层因素，就是怕过度捕杀引发狼群的报复。到时候，遭殃的还是村庄人。

人的善意，不知那一只只北方的狼，是否知晓？

后来，狼还是于 1970 年前后悄无声息地远离了村庄。狼的离去，是人逼走的，还是狼发现了适宜自己生存的新环境？

狼去了哪里？狼会不会再次回到村庄？对这些疑问，就像狼是哪一天混进村庄的一样，还是没人说得清。

如今，村庄不少年轻人想见一眼狼，只能去动物园。去过动物园的人们觉得，动物园里的狼，并不像村庄经历过狼患的人所说的那么可怕、凶狠。狼的确跟一只狗的模样差不多。事实上，村庄人关于狼的记忆，至今是疼痛的，人们整理村史，还是一次次有意地删减了被狼曾经吃掉的那些人的名字。

村庄的时间

跟别的地方没有什么不同，村庄的时间也是一天一天过的，一年一年过的。一棵树是这样，一头驴是这样，一场风是这样，村庄的每一个人也是这样。没有谁一下子长大，也没有谁一下子变老。也不论谁，快乐的时候时间是那么一点一点过着，痛苦的时候时间还是那么一点一点过着。一个人一辈子中，快乐的时间拉不长，痛苦的时间裁不短。这一切，都是由村庄的时间掌握着，由不了自己。

在村庄，我是吃着粮食一点一点长大的，一顿饭吃得撑死，我也不可能一下子长大。我知道，村庄的每一粒粮食上都沉淀着时间，每一顿饭，看起来吃的是粮食，实则吃的是时间，吃够了时间，我就长大了。

当然，不仅仅只有我是这样，村庄的树、鸟、麦子、雨、风等等，它们都是这样。它们看似在村庄的大地上生长，或者在村庄的天空快步走过，实则上它们仍然还是存在于村庄的时间里。它们只能像我一样一点一点地生长，或者像我一样一点一点地奔跑。一个人，长得再高，一辈子也不可能长得像树那么高；跑得再快，也不可能跑得像风那么快。村庄的时间，会让春夏秋冬或者万物留在村庄，并成为自己的样子。

第一次偶遇锯倒的一棵大树，令我惊讶无比的是，一棵树倒在大地上比耸立在大地上显得高大威猛多了。其实，锯倒的这棵树，跟生长着的时候一样粗壮。但是，它一旦倒下了，我怎么看怎么都不像原来生长着的那棵树。这是树的神奇，还是一个人的错觉？站在一棵树前，更让我惊讶无比的是树桩上出现一圈一圈的年轮，是那么清晰，它是树生长的年轮，一年长一圈，从里到外，树生长了多少年，就会留下多少圈。一棵大树，生长了几十年，把几十圈的年轮留在树身上。我惊讶的不是树身上那些清晰的年轮，而是一棵树的好记性和好耐力，它竟然能够把自己生长的全部时间留痕，留据。从里向外，毫不马虎。我不知道，一棵树生长一年留出来的年轮，跟村庄一年的时间在长短上是否一样，跟一个人一辈子经历的时间在长度上是否一样？树所走过的树路，它是靠什么测量时间的呢？是靠太阳、月亮、一场风、一场雨，还是靠树自己？大地上生长的一株株庄稼，是否也会像树一样，在自己的身体上留下自己的日轮、月轮或者年轮呢？除了村庄的树、庄稼之外，存在村庄天地间的其他事物，又是如何记述自己的生命轮回？

或许，正是村庄大地上的一切生命留痕，在村庄的所有时间里，谁也不愿虚度自己存在村庄的光阴。树急着赶自己的树路。牛急着赶自己的牛路。风急着赶自己的风路。雨急着赶自己的雨路。村庄的一个人也一样，急着赶自己的人路。一个人若是游手好闲，不好好赶自己的路，便会像一块庄稼地里的一根杂草一样特别显眼，村庄人一眼便看得见。被村庄人所指的人，一定会浑身不舒服，并感觉不好意思的。毕竟，大家都生活在同一个村庄的同一块大地上，都耕种着村庄的田地，都走着同一条村庄的道路，都喝着同一口井里的水，都呼吸着同一个村庄新鲜的空气，有什么理由尽失一个村庄人淳朴的品质？过日子，就是得有份好耐力。磨刀不误砍柴工。把锄头擦亮，把铁锨擦亮，把镰刀擦亮，把所有倚靠在黄土窑里的农具一一擦得锃亮，最好能够照得见自己的影子。一户人家的光景就是需要一件件走过村庄大地的农具照亮。

一个村庄人，一天干不完一年的事情，一年干不完一辈子的事情。在大地上劳作，投机取巧不行，弄虚作假不行，强取豪夺不行，还得一步一步来。这个道理，生长在村庄大地上的每一块庄稼，似乎比人还明白得多。麦子，跟村庄别的农作物一样，也是要生长够时间的。秋天播种，出苗，冬天盼望着一场厚雪落在上面，好盖着一层雪白的被子拥拥挤挤、暖暖和和地过冬。第二年春天，惊蛰，抖擞抖擞精神，伸展伸展筋骨，接着生长。到了夏天，布谷鸟叫着“算黄算收”“算黄算收”，生长了四季的麦子，才算长成。经历四季的时间，成熟的一颗颗麦粒，吃进肚子，果然比村庄大地上成熟的其他粮食耐饱。麦子也便成了村庄人的主粮，磨成的面粉蒸成馒头或者擀成面条，两天不吃，肚子便感觉空落落的。改天赶紧吃一顿，肚子里马上实在了不少。也因此，村庄人自诩“面肚子”，如果村庄的麦子生长周期短一些，那么村庄人食用麦面后会不会感觉没有那么瓷实呢？

同样，那些村庄里的树，之所以能够当屋脊上的檩、扛起檩的梁、撑起整个屋顶的椽，原因或许就在于，每一根檩、一架梁、一根椽上，沉淀着不同的时间。

当然，感受村庄的时间，也不妨从感受一场接一场的风开始。在村庄，谁对风都不会陌生，风是村庄人最司空见惯的东西。一个人从来到村庄的那天开始，就能感受到风的存在。风吹过了一个人的童年，漫过了一个人的中年，直至刮到一个人的晚年——风烛残年，风真的会把一个老人吹倒！当然，风吹过村庄，风不会把一个人一辈子吹过的风汇聚起来，猛地吹到一个人身上；风也不会把一年四季的风汇聚起来，猛地吹向村庄的大地。它会一场接一场地吹，冬天是冬天的风，春天是春天的风，夏天是夏天的风，秋天是秋天的风。不论是面对村庄的四季，还是村庄哪个人的一辈子，尽管有时候风会疾步而来；生硬了一些，但是该轻柔的时候还是很轻柔。风调雨顺、狂风大作，都与一场场风有关。什么时间吹什么风，风不会乱了脚步，它会一本正经的赶自己的路。风赶过的路，不仅仅耗掉了风的力气，还耗掉了风的时间。风耗掉了比一个村庄人一辈子还长的时间，让一拨一拨村庄人认识自己的优缺点。

我，一棵树，一块麦子，一场风，生长、成熟或者存在，一天一天，一年一年，走过的都是村庄的时间。村庄的时间是村庄人与村庄赋予了生命的农作物、草、树、虫、家畜等共同的生物钟。这口大钟，置于村庄之上，置于大地之上，什么时间该干什么，什么时间该具有什么时间的样子，谁都会具有自己的生物钟，谁都会形成自己的生命年轮。村庄的时间，不仅仅是由人掌控着，村庄大地上的一切事物，都把握着属于自己的那一份时间，不论是谁的哪一份时间，都会来源于村庄那口悬空的生物钟。有趣的是，不论是在大地上劳作的村庄人，还是在大地上默默生长的树呀麦子呀牛呀，没有谁督促，没有谁追赶，但是谁都会各行其是，埋头做好自己的事情。整个村庄，一点也不拥挤，一点也不吵闹。

村庄的清晨比城里来的稍靠前一些。城里人还在睡觉，村庄的鸡已经叫过第三遍。鸡并不是平白无故地叫，每一遍叫声传到睡意蒙眬的村庄人耳朵里，便晓得该是什么时间了。鸡叫过第三遍，距离黎明的曙光也不远了，男主人也该起床准备到农田里忙活了。女主人呢，也趁早安顿家里。刚刚迈出屋门，猪哼哼着醒了，羊咩咩着醒了，牛哞哞着醒了，鸡也从架上跳下来，朝着女主人奔跑过来。一夜了，它们都饿了，纷纷用叫声向主人传递着信号。忙活好一阵子，才喂完它们。这时候，女主人又要赶在孩子睡醒之前抓紧准备早饭。待早饭好了，太阳已经跳到窑门的高窗上了。一束束阳光经过高窗打在窑壁上，亮亮的。尿胀醒了的孩子，哭哭啼啼喊着母亲抱自己到院子撒尿。母亲走到跟前，朝孩子屁股打了一巴掌说，都什么时候了，太阳都快照到屁股上了，还不起床？挨了打的孩子不敢再哭哭啼啼，刚刚吵醒的其他几个孩子，乖乖地自觉起床，各穿各的衣服，一声不吭。母亲让大点的孩子到地里去喊父亲回家吃饭。喊父亲吃饭的孩子一点不敢怠慢，一溜烟跑到地头大声喊："大，我妈让你回家吃饭！"地中间的父亲应了一声，地头上喊话的孩子已经转头朝家的方向跑去了。父亲回来了，几个孩子坐了一炕，父亲没有坐定，谁也不敢动筷子。

早饭毕，父亲喝了几杯浓茶，紧紧张张地到地里去了。母亲把饭菜搭在锅里，等上学的哥哥和姐姐放学回家吃。还没有上学的孩子，母亲带到了地里，大一点的帮助大人干一些力所能及的农活，小一点的去地中间像个能动的草人一样，穿梭，赶鸟。太阳一点点升起来，赶鸟赶累了的孩子，悄悄地坐在一块农田旁边乘凉，可是阳光射下来，他还是顾得了屁股顾不了头。孩子向着母亲嚷嚷着，太阳照到头顶啦，晌午啦，回家啦！母亲嘿嘿地笑着说："我这瓜娃，嫌热，咋不会跑到地头那几棵树下凉凉！"孩子到树下，感觉树下果然比地里凉快。树上的鸟，像他一样乘凉。偶尔叫一两声。树上的鸟不用赶，他凉他的，鸟凉鸟的。不知不觉，他竟然睡着了，几只鸟的粪便掉到身上，他却浑然不知。

毋庸置疑，村庄的时间是精确的，它不仅能够精准到时，还可以精准到分，甚至秒。例如，现在正是三伏天的晌午时分，村庄的大地冒着滚烫的热气，整个村庄像个大蒸笼，人头顶顶着烈日，行走在农田里，忙不了一个来回，脊背上的汗水一层接一层从衣衫上渗了出来。牛和驴累的热的打不起精神。看来这个点是该回家的时间了。村庄四面八方在农田里忙活的人、牛和驴，纷纷赶到了村头，然后不慌不忙地各回各家。家家户户窑顶的烟囱里，开始慢慢悠悠地冒出一股股青烟，弥漫过整个村庄。这是村子里的炊烟，除了一股淡淡的刺鼻味，还飘散着一股炒葱花味。正是这个味！三伏天调一锅酸汤或者浆水汤，女主人擀了几案子细面，面条筋道细长，挑一些，盛上酸汤或者浆水汤，连吃三碗，够爽！饭后眯一小会儿，待村庄的腾腾热气随风飘走一些，人们又不约而同地赶去农田里忙碌了。早点忙完的人，太阳落山前回家了。还没有忙完的，一直忙到摸黑。反正晚上的村庄凉爽多了，在农田里多忙活一阵子，免得第二天晒晌午的太阳！

一到晚上，村庄似乎一下子进入了“休闲”模式。这是忙碌一天之后最轻松的时候。走路可以慢下来。吃饭可以慢下来。晚饭比较简单，这是村庄人一天里的最后一顿饭，吃点晌午剩下的饭，或者熬一些小米粥，凉拌一碟菜，随便找个地方坐下来，一人端一碗粥，夹一个馍，这便是村庄人常说的“喝汤”。

可谓名副其实。村庄人这一顿晚餐，绝不会像城里人，不仅把晚饭当正餐吃，而且零点过后还可能走上街头吃点夜宵。比起村庄人来，城里人也太能吃了。这恐怕也是城里的胖子为何比村庄的胖子多得多的重要原因之一。从这一点上看，村庄人比城里人会养生的多。不说别的，城里人忙着吃夜宵的时间，村庄人早已经进入了梦乡。这个点，村庄可谓启动了纯粹的夜晚模式。人睡了，鸡牛马羊驴猪统统都睡了。除了夜空的星星偶尔眨一下眼睛，村庄周围黑漆漆的就是个夜。而城里，远远近近、密密麻麻一闪一闪的霓虹灯，夹杂着各种各样的吵闹声，搁在深夜，吵闹声应该算不上热闹，霓虹灯也应该算不上是对夜的点缀，它们倒像是对纯净的夜空的一种污染。一个疲惫的村庄人置身其中，或将彻夜难眠。

村庄的后半夜，人是幸福的，牛驴马羊是幸福的，夜空的星星和一棵棵树、一株株庄稼都是幸福的。它们和人一起融入村庄的深处，蓄精养锐，沉淀时间。一样的鸡仔在村庄长成了土鸡，蛋成了土鸡蛋，售价比现代化鸡舍养的鸡、下的蛋贵出好几倍。其中作祟的，不是别的，恐怕正是村庄的时间。

时间留给村庄的味道，像美酒，陈醋，黄酒，借助大地之气，日月之光，酝酿着，时间越久，味道越浓越香。这份浓香，绵延不绝，足以从时间的这一头奔到时间的另一头。一年两年太短，十年八年等得及。大地上生长的一棵棵杏树，桃树，核桃树，枣树，栽种下这些果树，村庄人何尝不是在时光中追随来自大自然的美味？从幼苗长成果树，从果树到挂满枝头的果实，桃树要等待三年，杏树要等待四年，核桃和枣呢，竟然要等待十四年之久。一个人一辈子有多少个十四年？可是，村庄人在庄前屋后不仅仅栽下了桃树和杏树，还默默地栽下了核桃树和枣树。或许，直到自己老了，才能看到那些成熟的核桃和枣。村庄人栽树，似乎不全是为了自己。一个人老了，给子孙后代留点什么好呢？还是留几棵核桃树和枣树吧，子子孙孙结婚的日子，怎么能少了核桃和枣呢？核桃象征着美满、和美，枣子象征着早生贵子。暖暖的婚床上，压着核桃和枣——早（枣）想和（核）你在一起。这寓意，多好！多美！新婚之夜，新娘哪知道床单下面藏着核桃和枣，待她刚刚美美地躺下去，垫的脊背生疼，新娘不懂，问新郎，新郎说，这是爸妈留给咱俩吃的。吃了核桃，咱俩就会美美满满；吃了枣，咱俩就会早生贵子。新郎话音刚落，新娘却羞得钻进了被窝。新郎趁机也钻了进去。在被窝里，夫妻俩一会儿摸个核桃，咬碎，吃了；一会儿摸个枣子，吐出枣核。藏在床上的一堆堆核桃和枣子，夫妻俩吃了多个夜晚。自然，每一对夫妻，儿子会有的，女儿会有的，孙子会有的，孙女会有的……村庄就是一对对夫妻在新婚之夜吃着核桃和枣子，在时间的长河之中一轮一轮的延续着。

村庄的时间，不属于村庄人独享，它属于村庄万物和大地。包括，年复一年，丰收的大地之上盛开的一片片蓝天和一块块白云，它们都属于时间在村庄的沉淀。

一闪一闪的星星把村庄笼罩了，把所有的打麦场笼罩了。躺在打麦场上，星星把我也笼罩了。

我挡住了虫子和蚂蚁的路

梧桐树长着大大的叶子，是纳凉的好树。我采集到梧桐树几片平展展的叶子，跑去跟村庄其他树的叶子对比，没有哪一棵树的叶子能够比梧桐树的叶子大，能够比梧桐树的叶子厚。梧桐树就是为村庄生长绿荫的。在农忙时节，哪儿有梧桐树，哪儿便有清凉。

打麦场附近的蚂蚁和虫子，也零零散散地跑到梧桐树下，它们一定是来乘凉的。这时候，我觉得一些小动物再怎么小，似乎也比人聪明多了。像天气格外炎热的日子，它们就会跑到梧桐树下乘凉。

一天，村庄人到梧桐树下乘凉的时候，一群蚂蚁和一群虫子便跑到梧桐树上去了。我也不知道自己从什么时候开始，像那些蚂蚁和虫子，也喜欢爬到树上去乘凉。果然，梧桐树上面比梧桐树下凉快多了。树上有风吹过，吹得梧桐树的叶子哗啦啦作响。梧桐树的叶子便像一把把小扇子，给坐靠在树杈上的我扇凉。

轻风每一次拂过，梧桐树的叶子便轻轻地扇着，虫子和蚂蚁跑到高处去了，或趴在树枝上，或趴在叶子上，它们似乎是在有意跟我保持距离，它们一定是在躲我，不愿意跟我争风。我眯着眼，装睡着了。蚂蚁和虫子一定以为我睡着了，慢慢向我靠近，它们距离我的手指越来越近，它们要干什么呢，是把我当成它们的猎物，还是把我当成它们的游乐场？

我没有动，只是眯着眼偷偷地看着它们的一举一动。先是一只虫子和一只蚂蚁慢慢悠悠地爬上了我的手掌，爬上了我的胳膊。不一会儿，其他虫子和蚂蚁也爬了过来，像刚刚那一只虫子和蚂蚁一样，开始是慢慢悠悠地爬上了我的手掌，接着爬上我的胳膊。我看到它们在我身体上跑过的路线。它们很有秩序地通过我的身体爬到了树身上，并有序地向着树身爬到了大地上，跑向它们想去的地方。

望着那些蚂蚁和虫子陆续远去的身影，我明白了，是我挡住了它们的去路。它们要去它们想去的地方，可我爬上梧桐树，一动不动地守在树杈上，使虫子和蚂蚁没有办法爬到树下去。虫子和蚂蚁要到树下的大地上去，就必须经过我的身体。我佩服刚刚开头试探着向我爬来的那一只虫子和那一只蚂蚁的勇气，它们俩是自告奋勇地前来试探，还是受到它们首领的指示？它们出色地完成任务，返回后会不会受到团队的嘉奖？该给它们俩奖励点什么呢？是一些可口的食物，还是干脆让它们俩呼呼大睡一两天，什么也不干？想着想着，我竟然把自己逗笑了。

村庄里，一群蚂蚁与一群虫子的爬行，也和村庄的人一样，要脚踩着大地、树枝、叶子，谁也不能腾空行走。虫子和蚂蚁从树枝上掉下来，跟一个人从树杈上掉下来，后果有什么不同，谁受到的伤害会更大一些？只不过，我和村庄人一样，只是匆匆忙忙地走自己的路，或者停靠在一个地方只顾忙自己的事情，挡住了虫子和蚂蚁的路，让它们无路可走。好在，从村庄角角落落爬出来的蚂蚁和虫子，它们始终不会与人争路，即便在遭遇危险的时候，它们仍然会团结一心，等待时机，绝对不会像人那么伺机逃窜。

树上的村庄

一群群飞来飞去的鸟，在树上停留的时间，远远多过在村庄的大地上。在鸟的眼里，树上似乎才是它们的村庄，筑在树杈上的那一个个鸟巢，便是它们温暖的家了。

树越多的地方，鸟越多，鸟巢也越多。村庄树最多的地方，自然是沟里。沟里有各种各样的树，一些树长在沟洼里，一些树长在山坡上，还有一些树长在山顶上。密密麻麻，到处是绿荫。一群群鸟想栖息在哪一片树上便栖息在哪一片树上，它们起落，带着一股风。

我靠近一棵棵树，更多的时候，盯着的便是那一个个鸟巢。我知道，无论哪一个鸟巢里，不是有鸟蛋就是有小鸟。爬上树，我捡几枚鸟蛋，或者抓几只小鸟。回到草地上，我给小鸟找虫子吃，让小鸟站在草地上晒太阳。不知道是小鸟受到惊吓了还是小鸟太小了，它的小身体总是颤颤巍巍的，站也站不稳，每一次努力，都是东倒西歪的。投到嘴边的小虫子，它的小嘴巴也懒得动一动。看着小鸟的可怜样，一只大鸟朝我鸣叫着。这只鸟正是落在我掏鸟窝的那棵树上。当我抬头看它的时候，它扑棱棱飞下来，落在距离我不远的树枝上，鸣叫着，不愿离去。我明白了，这只鸟一定是鸟妈妈了。鸟妈妈的鸣叫，是鼓励小鸟呢，还是哀求我呢？我细细地听着，这鸣叫声，一会儿急促，一会儿缓和。多年后，我也说不清楚当时是什么力量让我抓起小鸟，再次爬上那棵树上，把被我抓出来的小鸟又还了回去。我一直觉得，我做了一件该做的事情。

至于在鸟巢里掏到的鸟蛋呢，我会迅速爬到阳面的山坡上捡拾一些柴禾，拿着一个搪瓷缸子，跑去小溪边舀水，用石头架起，点火，把水烧开，再把鸟蛋投进去，慢慢煮熟。那个早已被烟火熏得黑乎乎的搪瓷缸子，是一个多用锅，能煮的东西都放在里面煮。除了煮鸟蛋，我还煮过绿杏子，煮过毛山桃，煮过青苹果。反正带着苦味或者酸味的小果子，我都喜欢煮一煮。比起其他煮物，鸟蛋自然是一顿美餐。每次煮鸟蛋的时候，我只舀了一半缸子水，不费多少工夫就烧开了，我一边添柴禾一边看着鸟蛋在沸水里翻滚。估摸煮熟了，我端起搪瓷缸子，把鸟蛋和水一起倒在地上，让鸟蛋在风里凉着。剥开鸟蛋，我不忍心咬碎，含在嘴里，转来转去，最后才小心翼翼地用舌头压碎，一点一点和着口水咽下去。

除了筑在树上的鸟巢外，一些鸟还会在废弃的老鼠洞里筑巢。这些洞都在高处，不少洞是打在黄土窑顶的窑面上，不怕水淹。老鼠与黄土窑为邻，趁人不备，一次次偷了粮食，藏在它的洞里。它总会为自己和子女攒些余粮。而且，有些洞里还不少。记得村庄好几孔黄土窑坍塌后，露出来的那些鼠洞里洒出不少粮食来，玉米，高粱，小麦，谷子，等等。村庄里有的粮食，它的洞里似乎都有。老鼠安居在这样的洞里，日子过得比村庄人还舒坦。没有塌掉的窑顶，仍然是一个个好端端的洞，是老鼠温暖的窝。

老鼠像鸟一样，在窝里抚育子女。这窝，是老鼠的家，老鼠怎么说不要就不要了呢？会不会是鸟把老鼠撵跑了，或者是别的动物？可是，能够钻进老鼠洞里的动物，除了鸟还有谁呢？还有，鸟怎么就钻进老鼠的洞里，将鼠洞据为己有的呢？后来，我看到一只鸟飞进一个洞里。我判断曾经的鼠洞成了鸟窝。我趴在黄土窑顶上，手伸进洞里尝试着掏鸟蛋。洞很深，我的手够不到底，自然也就掏不到什么鸟蛋了。我非常扫兴。我骂那一只只飞进飞出的鸟，鸟不住鸟窝，一定不是什么好鸟！再说，这鼠洞里虽然遮风避雨，但一片黑漆漆的，谁也看不见谁，比起树上的鸟巢来，不知道哪里好了。

是的，鸟会飞进鼠洞里，把鼠洞当成它的巢它的家，那么，那一只只会上树的老鼠，会不会钻进树上的鸟巢里，把鸟巢当成它的鼠洞呢？老鼠不会飞起来，它只能顺着树干或者大地跑来跑去。它们的食物在大地上。鸟巢里没有鼠洞里宽敞，鸟巢里没有办法储藏多余的粮食，老鼠应该不会去鸟巢里住下来。

果然，老鼠不会去树上的鸟巢里抢劫，更不会将一个个鸟巢占为已有。老鼠会朝着丰收的大地奔波，哪里有粮食，哪里便有它们的鼠洞。当然，准确地说，我关注的并不是那一只只老鼠，而是那一个个鼠洞里的鸟和鸟蛋。有一次，我掏鸟蛋，手够不着，便用一根树枝戳了进去，搅了几圈，感觉里面似乎有什么东西缠绕着戳进洞里的树枝，我慢慢拉出来，是一个鸟巢，巢里有蛋。我准备拿出鸟蛋去找地方煮时，被一个大人发现，气急败坏地追着我骂，鸟窝里有蛇，今后不能再在洞里掏鸟窝。他说我拿着的蛋有可能就是蛇蛋。我才不相信他的鬼话呢，管他呢，等我煮熟吃了再说。后来，那天的蛋煮出来，我还是不敢吃一口。原因并不是我煮的蛋会像那个大人所说的是蛇蛋。蛋是鸟蛋。可是，我剥开一个外壳后，发现里面的鸟已成雏形。也就是说，我把几只鸟煮了。我看着那几枚鸟蛋，瑟瑟发抖。当我决定从此不再掏鸟巢时，村庄里发生了一件真人真事，让我彻底对那些鼠洞望而生畏。原因正是像那个大人所说的一样，有些鼠洞里有蛇。一个小伙伴在鼠洞里掏鸟窝，掏出了蛇，蛇差一点就钻进了他的嘴里。这件事像长了脚一样，传遍了整个村庄。大人给孩子讲了一次又一次，每次都说这是真事，不是吓唬谁的！

鼠洞里有鸟窝，鸟窝里却出现了蛇。现在，我的思绪有点凌乱。不就是一个拳头粗的洞嘛，老鼠争着朝里钻，鸟争着朝里钻，最不可思议的是，连蛇也进去了。洞是老鼠打的。鸟尽管不会打洞，但它会在树上筑巢。而蛇呢，天生就不会打洞，它们只能钻进老鼠洞里。老鼠一辈子也颇为辛苦的，来到村庄似乎就是为了专门给鸟和蛇打洞。一个鼠洞，蛇钻进去了，如果洞里住着老鼠，老鼠会怎么办呢？老鼠可能会打个岔洞，跑了。老鼠在洞里，除了怕水淹之外，遇到危险，它们会打新洞把旧洞堵起来。蛇自然拿它没办法。而如果洞里恰好待着的是鸟呢，鸟自然斗不过蛇，最后被蛇吞了。蛇会把一只鸟，连毛一块吞进肚。一个洞，老鼠，鸟，蛇，最后唯有蛇安安静静地待在洞里。

从此，一个个露在外面的土洞，我再也不敢掏了。我怕蛇钻进我的嘴里。好吧，作为一个村庄人，我早就应该不给蛇、老鼠和鸟添乱了。最好让蛇、老鼠和鸟安静一阵子。村庄安静的样子，最美。

比如那几棵老树。没有一丝风，树干不动，树枝不动，树上的每一片叶子不动。筑在高处树杈上的鸟巢里，我想孵出不久的小鸟一定睡得正香。我悄悄地走过这几棵大树，让树和树上的鸟巢安安静静一阵子，让鸟妈妈安心地去给嗷嗷待哺的小鸟觅食。鸟妈妈欢快地飞来飞去。小鸟一天天长大。一天，不知道是巢里太拥挤了，还是巢里的小鸟太淘气了，一只小鸟竟然从巢里掉到了地上，鸟妈妈绕着小鸟飞着、叫着，迟迟不肯离去。没有风的时候，小鸟能从巢里掉到地上，那么在一场大风中，树枝发疯一样摇摆了起来，鸟妈妈是怎么护着巢里的小鸟，让树上的巢、巢里的小鸟安然无恙？

沟里许多树，都是树梢紧挨着树梢。即便风刮过，风口上的树梢朝南摆的时候，相邻的树也一齐朝南摆着；如果风口上的树梢朝北摆的时候，相邻的树又一齐朝北摆着。每一次摆动，所有的树梢挨得更密更紧了。树杈上的一个个鸟巢，被一棵棵树牢牢地护着。整个连成一片的树梢上，藏在风中的那一个个鸟巢，像是一只只鸟的村庄。我在树下昂头瞅着那些鸟巢，不知道巢里的小鸟全部飞走后，鸟妈妈会把鸟巢留给谁呢？是让它一直空着，还是腾出来可以住进别的鸟？村庄那么多的鸟，啾啾地叫着等待孵育自己的孩子，一只鸟绝不会像一个人一样在村庄的大地上没完没了地修筑着一处接一处的宅院。鸟一定没有人那么笨。鸟应该知道，筑多结实的巢，在风风雨雨中也留存不了多少年。因此，不论哪棵树上有了巢，整棵树似乎一直都是热热闹闹的。一拨鸟长大飞走了，另一拨鸟又在巢里开始孕育了。这一棵棵树上的鸟，就像生活在村庄的人，一茬接一茬，延续着。

自然，鸟把巢筑在密林里，正像村庄人居住在塬畔上一样，大家之间可以相互走动、照应，谁也不会感到孤单。只不过，比起沟里，塬畔上的树星星点点。村庄除了长树，还要留出足够的空间，给人给牛给鸟……让一群群鸟儿择枝而栖。它们一会儿落在这儿，一会儿又落在那儿。鸟鸣一两声，清脆，响亮。可是，村庄的树杈上，很少有鸟巢。难道是鸟儿每天从沟里飞到村庄，夜晚再返回去？无论哪儿的鸟，需要树，更离不开密林。树上有了巢，树是快乐的，幸福的。我在一处废弃多年的老宅院，发现那棵孤零零的老树上，不知道鸟是什么时候筑了两个巢。巢里不断有鸟飞进飞出。宅院破败不堪，几孔窑洞坍塌，荒草丛生。只有那一棵老树，撑在院子里。人搬离了，鸟却来了。鸟是怕树孤单呢，还是怕老宅院孤单呢？恐怕都是！鸟不怕寂寞，愿意在远离村庄的一棵孤树上筑巢，守住树，守住老宅院，守住村庄。

一个巢便会成为鸟的一处驿站，大地上所有的鸟巢，便成了鸟在树上的村庄。

乡间熬茶

南方茶乡的茶叶到了北方的村庄，村庄人觉得用开水泡出来的茶味道太寡了，不够味，唯有经过慢火熬出来的茶，才过瘾。

村庄的清晨，上了点年纪的人，起个大早，熬茶、喝茶似乎成了他们每一天的头等大事。待屋子烟熏火燎地萦绕着茶香，早饭也快做好了。饭端到炕头上，茶香搅和着饭香，男人喝下几杯熬出来的浓茶后，再给女人接几杯，茶后吃了饭，准备下地。我从小听大人们说，喝浓茶，干活一天都有劲。大人们只管自己喝茶，却从不让孩子喝，说是孩子喝了茶，会像喝了酒一样晕倒，晚上还会睡不着。对于此话，我从没有相信过。我曾经偷偷地喝过几次熬出来的浓茶，结果没有晕倒不说，到了晚上还照睡不误，一觉到天亮。

不过，熬出来的茶，我觉得没有什么好喝的，苦巴巴的，涩涩的。或许因人而异吧，我在高中学习阶段，班上真有同学靠喝茶提神。喝茶的同学是用开水泡茶，一者是没有熬茶的条件，再者害怕熬出的茶，真会像喝酒一样把自己喝得晕倒过去。那些喝茶的同学，似乎也会喝上瘾似的，很少见到他们喝白开水。当年的那些同学，如今已人到中年，估计他们当中也不乏喜欢熬茶之人。

村庄人熬茶，像熬药一样，把茶叶下在搪瓷缸子里，加上冷水慢慢熬，待水烧开了还继续熬个十多分钟，才算第一壶茶熬成，先倒出一杯，再续上冷水接着熬。刚刚续上的水慢慢熬着，倒出的第一杯茶热气腾腾，熬茶人端起来搭在嘴边，边吹着边抿着，这时候火炉上的茶已突突冒着热气，飘逸的热气竟把熬茶人给罩住了。熬茶人一边抿着杯子的热茶，一边不时用鼻子吸一吸热气中弥留的茶香，好不惬意。待第一杯茶下肚，第二杯、第三杯如法炮制，一个清早，熬茶人神清气爽胜过神仙，好不快哉。

村庄人像熬药一样熬茶，真正是把茶味全部熬出来了，很浓很浓，茶香味中夹杂着苦味，南方人绝对是喝不惯的。我们北方的村庄人，喝惯了熬茶的人，什么茶叶到了他们手里，都非要熬一番不可。如果熬出的茶不够浓、不够涩、不够苦，他们便认为那不是好茶。南方的茶像北方的粮食一样，同样沉淀着阳光和大地的养分。不同的是，茶叶的生长除了充沛的光照外，更需要湿度的滋润，昼夜温差也不能太大。北方大多地方，空气是干燥的，土地是干燥的，就连风也是干燥的。因此，适宜好茶的生长环境，大多只在南方。

茶长在树上，茶是树的叶子。茶乡人的茶艺，北方的村庄人真是不懂，更对不少茶艺闻所未闻。如果茶乡人看到好茶到了北方村庄人手中，不管适宜不适宜，都让北方人那么像熬药一样地熬着，心里是惋惜呢，还是嗤之以鼻呢？不过，村庄人才不管那些呢，村庄人只管熬自己的茶。北方的村庄人似乎了解茶叶的秉性，北方空气干燥，茶叶紧紧地蜷缩在一起，抓在手里一捏全成了沫子，经过一番熬制，叶子才能打开，茶香才能溢出。

所以，北方的村庄人是铁了心要熬茶的。记得爷爷在世，给自己制作了七八个专用于熬茶的火炉子。火炉子没有烟囱，每次熬茶烟熏火燎，刺激得我流出了眼泪。后来家里建了房子，爷爷仍然舍不得他那些熬茶的宝贝，从窑洞里搬到房子继续熬茶。为了熬茶，爷爷晚年在村庄四处捡柴禾，把自己的屋子摞得满满的，不许别人搬走他的柴禾。我担心那些过多的柴禾堆在房子引发火患，偷偷地潜进爷爷的房子，偷偷地抱走了不少柴禾，不知道爷爷发现了没有，还是早被爷爷发现而只是不说。爷爷一天天地捡着柴禾，一天天地熬着他的茶。天长日久，他那间房子的墙壁、屋顶被熬茶的烟火熏得没有一点白净的地方。后来家里经济条件好了点，给爷爷购置了带烟囱的火炉，可爷爷还是喜欢用他自制的火炉熬茶。或许，爷爷像村庄其他喜欢熬茶喝的人一样，追崇的就是那一股烟火气，茶香气。

为了熬茶，村庄人即便在大冬天，也会打开门和窗，从门窗处便不断地涌出烟和茶的气味。屋内那个盘腿而坐的熬茶人，正津津有味地品着茶香，浑然忘却了屋外涌进来的寒冷。

北方的粮食到了南方，蒸出来的馒头和擀出来的面条，少了北方的筋道。吃麦面图个筋道，喝茶自然也不能少了南方的茶香。北方的村庄人像熬药一样熬茶，不管怎么熬，最终叶子仍然是叶子，茶水是茶水，没有一枚茶叶破碎。

凝眸杯子中一片片游走的茶叶，我想，南方的茶叶到了北方，不管怎么熬，也没有失去南方的地域标签。这或许就是茶叶的风骨。

虎子想悄悄地离去

狗一辈子，始终都会跟随在它的主人身边。主人走到哪里，它便会跟到哪里。让人捉摸不透的是，到底是狗给主人护驾呢，还是狗仗人势呢？村庄所有的狗都是这副德行，它们就像是一个模子里刻出来的一样。若是哪一天到了生命的最后一刻，它们离去的方式也都出奇的一致，选择孤独地离去，专门躲避到村庄一个黑暗的角落里，等待生命结束。

虎子是我养的一条狗。它还不到两岁，跑到外面吃了不该吃的东西，口吐白沫，样子很是凄惨。它可能觉得自己熬不过去了，不仅仅有意在回避我的目光，还刻意离开我。它拼命地在院子里逃窜，像是在找一个容身的地方。看着虎子的可怜状，我紧紧地跟随其后，想让它停下来，喝点水，就地歇一会儿，看能不能减轻它的痛苦。可是，虎子似乎非常抗拒我靠近它。我越靠近，它越发疯似的逃避。我明白了它的心思，就让它顺着自己的想法去吧！

虎子一边低声呻吟着，一边东倒西歪地走出院子。我尾随其后，东躲躲西藏藏，紧紧地盯着它的去向。我发现它向村庄那口大豁口下面的一片沟洼地走去，那里有一片树林，阳光打在树梢上，星星点点的光亮洒落在地上，整片树林显得是那么静谧、安详。虎子在一棵大树下停住，四肢瘫了一般趴着，嘴轻轻地触动着地面上的泥土。可它嘴上似乎一点力气也没有，它的嘴巴拿湿润的泥土一点办法也没有。虎子一定是想刨开泥土，把自己的嘴巴埋进去，并把从自己嘴里吐出来的白沫埋起来。我发现它的身体一点一点与地面贴得更近了，像睡着了一样。我轻轻地靠近它，它果然睡着了。不过，这一次睡着后，它再也没有醒过来。

这片树林下，只有我和虎子。我判断虎子一定是中毒了。它吃了什么呢？虎子温顺，它并没有得罪过谁。平日里，不仅仅是我的虎子，还有伙伴们的狗，它们欢欢喜喜地跟随在自己主人的后面，跑遍了村庄的所有地方，每一次，都像一次安全巡检。伙伴们的狗，似乎认识了每一个村庄人，在村庄里不论遇到谁，狗子们连一声都不叫，更别说咬人了。因此，虎子的死，我排除了有人投毒的可能性。

思来想去，我觉得虎子的死一定与死老鼠有关。比如说，老鼠吃了老鼠药死掉了，虎子吃了死掉了的死老鼠，把自己毒死了。如果村庄没有老鼠药多好，没有老鼠药，也就不会有老鼠被毒死，没有老鼠被毒死，虎子也就不会死了。我怀恨那些研制老鼠药的人，我也憎恨那些投放老鼠药毒死老鼠的人。老鼠到底做了什么坏事，整个村庄的人似乎想一下子把整个村庄的老鼠赶尽杀绝。问题是，老鼠被毒死了，连同我的虎子也被毒死了。这是我最不能接受的。

不过，老鼠也该死。老鼠不仅仅偷吃粮食，还糟蹋地里正在生长的庄稼。尤其是对于后者，谁都不能容忍。不知道老鼠是否知道，一粒种子发了芽，它会长成多少粒粮食。从丰收的粮食里再筛选出一些优良的种子，耕种在村庄的大地上，又将收获多少颗粒饱满的粮食。看看那些成熟了的玉米棒子，再看看那些成熟了的高粱穗子，或者再看看成熟后在风中频频点头的谷子，这些粮食都是靠一粒粒种子成熟的，不论哪一粒种子长成的粮食，还不够一只老鼠吃些日子？可是老鼠偏不，它们不仅要在地里打洞，偷吃刚刚种在地里的种子，而且还偷吃露出地面不多几日的嫩芽。我嘲笑老鼠的鼠目寸光。我嘲笑鼠辈被老鼠药毒死，那是罪有应得。

对，鼠目寸光的老鼠是该死，可我的虎子谁也没有招惹，却死在一只死老鼠、两只死老鼠、三只死老鼠或者四只死老鼠有毒的皮囊里。不对！让我想一想，我的虎子一下子不可能吃那么多死老鼠，我的虎子不是饿死鬼转生的，我的虎子一顿顶多吃一只死老鼠。让我再想一想，吃一只死老鼠，是不会毒死我的虎子的。那么，虎子到底吃了几只呢？我想最多吃了两只，如果吃三四只或者更多的死老鼠，我的虎子会当场被毒翻的。

若是毒不翻，那老鼠药一准是假药，若是假药，那怎么会毒死老鼠呢？是的，药没有问题，虎子吃了死老鼠，回家了，死老鼠的毒力开始在虎子的体内发作了。那么，虎子为何还要扛着毒力来到了村庄豁口处的林地里呢？

虎子在生命的最后时刻选择离开我，虎子是怎么想的呢？它是不想让我看到它一点一点痛苦的模样，它是不是真的知道，它一旦痛苦起来我也会跟着痛苦起来。虎子心里一定清楚，它和我是心有灵犀的，我们相处是非常默契的。打个比方说吧，我冬季清晨摸黑上学的时候，虎子会陪着我上学，到了学校门口，虎子看到我进了校园，才转身回家。再比如，农忙时节，虎子会到农田里去把钥匙链戴在脖子上，然后跑回家静静地蹲在家门口等我放学归来。还有，在村庄玩耍的时候，要是哪个小朋友敢欺负我，虎子会步步紧逼，朝着欺负我的人一阵狂叫，直至他撒腿跑远。虎子尽管只是一条狗，但它做的就是让人心里暖暖的，搁给谁，谁不会把它当成自己最好的伙伴呢？

跟我形影不离一年多的虎子，以自己的方式离开我，这让我想到一个人在生命的最后时间，为何恰恰与虎子的做法相反呢？在村庄，一个人在生命的弥留之际，亲人们会轮番陪护，纷纷前去见见这个人最后一面，让他安静地离去。也是啊，一个将要离去的人，若是没有一个亲人的陪护，那场面是多么凄凉呢！而虎子，至少我可以陪护它走完生命的最后一程，但它却坚决地躲避我，它越躲避，我越无法割舍得下它。虎子是条狗，狗是动物，人也是动物，面对同一件事情，人与狗为何却是截然相反的态度呢?

由此，我又想到了一只老猫离去时的情景。那只猫我养了有十多年了吧，生命的最后一段时间，它像一个老态龙钟的老人，每天找个暖和的角落晒太阳或者打盹。好几次，老猫不吃不喝，像是生病了，我不知道它是什么时候溜走的，溜到哪儿去了。过了三两日，猫又悄悄地回来了。每次回来，猫显然痊愈了，又能吃又能喝了。后来听老人讲，猫生病或者受伤后，会独自找个没有人的角落疗伤，待痊愈就自觉回家了。如果回不来，猫或许就会像一个离世的人一样，永远地离开了村庄。开始我还不太相信，后来我听见邻家养的一只老猫深夜声嘶力竭的叫声，好像是哀求主人把它放出屋子。开始邻家不知道猫的意思，到了第二天晚上，邻家放了它。次日发现的时候，那只猫孤零零地死在了沟边的水洞里。看来，猫要走了。这就是一只猫向主人告别的特殊方式。

猫的最后时刻，不要把猫拴着或者圈着，它想悄悄地离去，我们人应该成全才是。要不，猫或许更痛苦。那么，我的虎子为何却像一只猫那样跟我告别呢？虎子是条狗，狗跟猫并不和善，不管在哪儿碰面，它们俩似乎像狭路相逢的冤家，谁也见不得谁。可是，它们跟主人告别的方式却极其相似。我不知道，是猫学狗的，还是狗学猫的？猫与狗，临终偏偏给村庄留下这一道难题。

现在，虎子完全睡着了，树林上空有一群群鸟儿飞来飞去，并不时叽叽喳喳地叫着。一束束阳光透过树梢洒在虎子身上。在这儿睡着，虎子是幸福的。

那天，我把虎子埋在树下。我想，它会很快融入泥土，融入村庄的一棵大树！

城乡穿梭记

十多年了，因为工作原因，春节我很少回老家过年。偶尔回去一两次，感觉老家的冬天格外冷，我一直蜷缩在炕上，身上捂着厚厚的被子。一整天，整个人黏在炕上，哪里都不去。像村庄周围，被大雪覆盖着的麦苗，藏在一场厚厚的积雪下面，温暖过冬。

今年过年前夕，父母终于答应我和妻子了，他们准备进城里与我们一起过年。来城里的前一天晚上，黄土塬上落了一场薄薄的雪，把地面罩白了。看到路上白白的雪，心里不由地堵得慌，担心路上会不会太滑，车上会不会太冷。还好，早饭过后，天空放晴了，太阳从灰蒙蒙的云层里一点点钻了出来。

老人进城后，我电话叮嘱他们在小区门口下车。下车后，我绕着小区四个大门转圈圈，却怎么也找不到他们。父亲和母亲不识字，电话上不能告诉我他们所处的确切位置。期间有两个好心人帮母亲转告我她所处的位置。他们或许是路人，所述的位置模糊不清，我仍然找不到父母。最后，一对年轻夫妇与我们在同一个小区，他们给家里人捎年货遇到了我的父母亲，不仅替父母亲拨打了电话，告诉我两位老人所处的具体位置，我找过去后，他们还热情地将我们送到小区地下车库电梯口。他们夫妻俩帮助我们，一定是看到了父母的不容易，进城带来了那么多东西。我打心底里感谢他们，祝愿他们新春快乐。

从乡下老家来城里，城市对父母来说是陌生的。父母年龄大了，不识字，容易迷路。周围的地标性建筑对他们来说毫无意义，电话里，他们只是急着说这儿有几栋高楼，这栋高楼多少层，那栋高楼多少层。城市对于父母来说，与我回到乡下老家看到的那一块一块的庄稼地和村庄是一样的。村庄被一块块高过头顶的果树罩着；被一块块麦子、玉米、高粱罩着；被一棵树、一处老宅子罩着；甚至被几头老黄牛、几匹骡子、几只狗或者寒冬里刮过村庄的大风罩着。我分不清这块地是谁家的，那块地又是谁家的。说不清村头那棵歪脖子树的树龄大，还是那处风雨中屹立不倒的老宅子宅龄大。我不禁一次次问自己：是我疏远了村庄，还是村庄疏远了我？

记得我十多年前初到城里，感觉城市是被一栋栋高楼罩着；被川流不息的人流、车流罩着；被街面上架起的天桥和十字路口的交通信号灯罩着。这些，对不识字的老人而言，自己所处的位置更是难以辨别，分不清这是哪个小区，那又是哪一条街道。突然觉得为了避免父母进城迷路，就不应该让他们在半路上下车，而是让他们坐到车站，我去车站接他们。记得有一年，我的女儿还小，母亲在乡下替我们带孩子。那一次母亲带女儿进城，我提前和司机师傅说了一个距离我们较近的位置，母亲下车后，我就费了很大劲才找到她们俩。今年又发生同样的事儿，我不无尴尬。

这次父母进城带来的东西不少，大大小小的蛇皮袋子足足有七八件。有熟肉，有生肉，有两只杀好的土鸡，有冒着绿芽的大葱，还有从地窖里挖出来带着泥土、看起来湿漉漉的萝卜。猪和鸡，都是父母喂养的，吃的是粮食，肉的味道更纯更香。大葱和萝卜是自家地里长的，切片切丝会散发出正宗的辣味，不论是凉拌还是炖汤，满屋子飘荡着浓浓的葱花和萝卜味。父母从村庄带来的肉呀菜呀，每一块上面都沉淀着乡村的记忆和味道。这种感觉，是小时候就有的，无论是嗅觉还是味觉，至今遗落在时间的深处，久久不能忘怀。

好些年了，父母每次进城里，走之前似乎什么都放不下，放不下老宅子，放不下他们喂养的鸡呀猪呀狗呀猫呀，放不下他们侍弄了十多年的苹果园子。冬季，那些果树，父母还要再剪枝施肥，整个冬天都闲不下来。今年春节前，两个老人早早地安顿好家里，似乎一下子什么都能放下了，说我们的新房子成了，答应我们进城里跟我们一起过年。父母来了，我觉得城里的家才叫家。搁在往常，住在城里，老家人来了电话，问我在哪里，我经常说在房子里。

我和妻子刚结婚那会儿，在城中村租房住，除了万不得已，父母是很少进城的。说来也是，有了女儿，我们仍然租住在城中村的一间房里，那个屋子的前半部分安灶，后半部分住人。冬天里，房子没有暖气，母亲做饭不敢打开窗子，生怕冻着孩子和我们。每顿饭，水蒸气罩了一屋子，天花板上，水蒸气凝结成了水滴，母亲不时站在凳子上，抻着腰，轻轻地用抹布拭去水滴，生怕水滴滴在碗里，滴在锅里，滴在我们和孩子的头上、脸上。

我们搬进了新房子，居住宽敞了，不再像之前租房住那么拥挤了。这次父母进城来，不仅给我们带来了吃的，还把那一只花猫装在蛇皮袋子里带来了。母亲说，猫的性子特别乖，她和父亲每次去农田里干活，这只猫都要欢喜地跑前跑后追着他们。到了地里，它静静地蹲在地头，看着她和父亲干农活，等着一起回家。母亲说，这只猫除了不会说话，似乎什么都知道哩。

今年，在城里暖和的房子里，有父母、老家的花猫和我们一块儿过年，我感觉这个年过得特别富足、踏实。

尝菜记

进入腊月，北方的村庄，谁家宰了年猪，都免不了请些人尝菜。“尝”，并不限于一两口，而是让人放开肚量吃；“菜”，也并非白菜、胡萝卜一类，而是“正宗”的猪肉。

清晨，宰猪人家趁早烧好两大锅开水，冲得锅盖突突发响，满屋子的水蒸气像烟雾一样在屋里弥漫着。早饭刚过，帮忙的人还没有到齐，柴禾缓缓地续着，锅里的水也就总是突突地翻滚着。

村庄热气腾腾的一天开始了。那头待宰的年猪，打两三天前就没给添过一次饲料，滴水未进，它不停地在圈里哼哼唧唧地叫唤着，肚皮松得耷拉下来。一头猪硬是被几个硬汉连拉带扯带到支起的门板上，猪便扯开嗓子一阵阵声嘶力竭地嚎叫着。待持刀者的刀尖慢慢地进入猪的脖颈，血缓缓地顺着刀柄流出。站在地上的人，将血接到一个盛了荞麦面粉的盆中，并用一根有半人高的擀面杖搅匀，直到被按在门板上的那头猪奄奄一息。

猪宰了，接下来用开水烫毛绝对算是一项力气活。四五个人将猪前半部缓缓放入盛了开水的大缸里，拉上拉下。烫净了，再从大缸里拉出来，将猪的后半部分放进水缸中。这一连续性动作要眼疾手快，要不水一旦凉了猪毛就烫不干净了。

在缸里烫猪毛，甚是费劲，若是谁家的年猪长得过于壮实，满村庄也寻不到一口适合烫猪的大缸。于是，村庄里曾有人在空地上掘出一米深的长坑，用稀泥漫过四壁和坑底后，坑里打一大堆柴禾，燃尽去除灰烬，再倒下滚烫的开水，把宰倒的猪置于其中，几个人就能轻松地将猪毛烫去。只不过，被这一个泥坑烫过的猪，浑身沾满了泥，成了泥猪，实在不雅观。当然，经过清水冲洗几遍，它还是与缸里烫的一样，照旧白白净净的。

在村庄，无论是在缸里还是泥坑里烫猪，这样的场景见得多了，不免想起“死猪不怕开水烫”这一俗语的奇妙来。想想也是，一头被宰杀了的猪，到了被开水烫的地步，它还能知道什么呢，还能在乎什么呢？只能任村庄人爱怎么烫就怎么烫了。于是，我常常想，这句俗语，一定出自村庄人之口。像泥坑里烫猪一样，这纯粹属于村庄人的智慧。

在村庄里，谁都知道，相比牛呀马呀羊呀，它们宰杀后是要去掉皮的，而猪呢，为何就留着皮，还要让人吃掉呢？猪皮到底能不能轻松地去掉？这个问题，村庄很多人没有想过，去掉皮，那可是好几斤重的肉呀！后来，我听人说，村庄之外有人把宰倒的猪，从猪蹄部位割一个口，竟然一口气能够吹得整个猪皮肉分离。真是这样，那需要多么大的一口气呀，这口气，一定也是村庄人才有。

宰猪、烫猪的场面，是兴师动众的。围在一旁的孩子们倒是乐了，围着宰猪的门板和搭起的架子跳来跳去，等的就是捡拾猪鬃和那一个肉囊囊的猪膀胱了。猪鬃可以拿到货郎那儿换玩具，猪膀胱村里人管它叫“猪尿泡”。猪尿泡到了孩子之手后，他们迫不及待地放出里面的尿液，借用充气器具或者抽出一根竹子，截一拃长的管子，放进猪尿泡的进尿口，把它吹得鼓鼓的，像个椭圆形的肉皮球。这只肉皮球呀，一年之中只有宰了年猪才能盼到。自然，猪尿泡便成了孩子们最抢手的玩物。每一次，孩子们玩得别提多疯狂了，在偌大的一块空地上，无论怎么拍打、踢耍，猪尿泡都没有破。玩着玩着，直到里外的水分渐渐散去，它才干瘪了下去。这时候，满头大汗的孩子们就把它扔在一旁，不再理会。

孩子们追逐嬉闹时，一头烫掉毛的猪很快被吊了起来。持刀人开膛破腹，剔出大肠小肠上的肥油，再掏出大肠小肠，谁翻大肠，谁翻小肠，分工明确，出手利索。大肠小肠是要吃的，去除肠内的粪便自然是马虎不得。去除干净了，还要反复冲洗几遍。在一旁忙活着翻肠子的人总是卖弄地说：“咱这翻肠子不仅是个技术活，更要紧的是必须要有一定的脏腑。一般人，臭都臭死了！不信你试试。”说话间，翻肠子的人直戳戳地把一截带粪的小肠捧到一个中年人的嘴前，中年人始料不及，急忙躲闪，一个踉跄，引得满场人开怀大笑。笑声中，一头白白净净的猪，被两个人使着杠子，抬到了屋内摆放妥当。

这时候，男人们点着旱烟锅收场了，厨房里女人们的忙碌才刚刚开始。女主人一边估摸着这头猪的重量，一边一块瘦肉一块肥肉，剔出晚上待下锅的肉。肠子爆炒，瘦肉凉拌，猪血和面做成灌肠、猪血黄……十几道菜都是名副其实的荤菜，绝不重样，这自然最能显示女主人的厨艺了。

来而不往非礼也。该请的人一个也不能漏，主人家儿子先去请，老子再去请，被请的人笑盈盈地说："就来，咱娃已经叫过了。""那就快点来！"男主人临走再叮一句。

屋内，蓝色的火苗舔着锅底，锅里热气腾腾；屋外，清风给炊烟配音，春节的气息似乎早已萦绕。

这是一年里村庄人最为阔绰的一场盛宴，搁在往常，招待人吃得凑合一点也说得过去，但宰了年猪就大不一样了。请尝菜的人都是白天出了力的，另外还得特邀家族中几位长者。因此，这一顿饭要多上硬菜，越硬越有面子，唯恐让人背后指责说："村里谁谁家年猪宰了几百斤净菜，我去尝菜没尝美！"

来尝菜的人不分老幼在火炕上坐一圈，屁股下面暖暖的，菜也总是热热的。平日用碟子盛菜，今晚不同了，不用碟子而用碗。碗里盛菜，菜比碗高。说是尝菜，其实连一丝菜也没有，全是比手指粗、比手指长的白花花的肉棒棒，盛在碗中，热气腾腾，香气袅袅。再添几个红烧肉和凉拌肉，让人先解解馋，袅袅余香。

尝菜免不了喝酒，有疾的人少喝，能喝的人多喝。在座的，平起平坐，不叫敬酒，而叫“看酒”。看酒又不比城里人，一人敬酒全席起立，村庄人只要看酒的人站着就行——表示诚意。平时喝冷酒无妨，今夜吃肉须喝热酒（村庄人叫“烧酒”），喝热酒才不伤身子。几杯热酒下了肚，每个人脸上一片红晕，恬适的笑浮上了颜面。

一双双竹筷，活蹦乱跳。碗平了又添，总是那么凸凸的。今夜，不怕腻的人放开吃，直至满口萦香，萦香满口。

村庄人信奉“苦干哩美吃哩”。忙碌一年也没有像模像样地吃过今夜这么一顿，一年里几个月不沾肉，肠子刮得没有半点油水，几块白花花的肥肉嚼到嘴里，那个香啊，那个解馋啊，真是不次于饮下几碗陈年老酒。在村庄人看，肥肉是解馋的，吃上才过瘾。要不，村庄人宰了年猪，特爱议论谁家的猪有三指膘，谁家的猪有五指膘。膘，那可是白花花的肥肉，村庄人喂猪，图的就是这个。

尝菜，熟人和熟人坐在一起，饭也就吃得自在，吃得香甜。旁边喝多了的人，腮帮一鼓一鼓不停地说，如今人不亏猪，猪不亏人。过去人如猪瘦，猪比人更瘦！哪来这么多鲜嫩的肥肉，让人美哉，悠哉……

腊月里，又一个夜晚，整个村庄久久地萦绕在一股股肉香之中。

早起的鸟儿有虫吃

晨曦微露，早起的鸟儿，第一件事便是找虫子吃。待我在屋子里听见鸟鸣声那会儿，大鸟已经给小鸟喂足，自己也吃饱了。鸟遇到鸟，相互问早。那么多鸟，你一句它一句，传到村庄，我感到到处都是鸟鸣声。

清晨的村庄，是属于鸟的。太阳还没有全部露出脸来，村庄里没有一丝嘈杂，每一只鸟清脆的鸣叫声，传得很远很远。村西头的人听到了村东头的鸟鸣，村东头的人听到了村西头的鸟鸣。村东头和村西头的树一样枝繁叶茂。鸟喜欢飞去村东头，也喜欢飞去村西头。一个早晨，远远近近的鸟鸣声，把村庄的角角落落填得满满的。

当然，鸟才不会那么傻，大清早的只落在一棵树上叽叽喳喳叫个没完没了。鸟起个大早，就是为了去叼虫子吃。给待在巢里的小鸟，也给自己。大鸟捡肥壮的虫子留给小鸟，把干瘦羸弱的小虫子留给自己。瞧！一只大鸟从草丛里叼到几只虫子，欢快地飞到一棵树上，歇一小会儿，继续赶路。一路上，它舍不得吃掉的虫子，一定是留给小鸟吃的。那几只虫子一定很肥壮。鸟比人的毅力坚定多了，到了嘴边的肥肉，鸟就是不吃。可是鸟的嘴巴就那么点大，它一次怎么能够叼数只虫子呢？鸟叼住一只虫子，叼第二只第三只虫子时，它怎么保证嘴里叼的虫子不掉下去？鸟的嘴巴稍微一松动，不担心虫子跑掉吗？

村庄那些肥壮的虫子，似乎就是给鸟生长的。虫子吃的是嫩绿的树叶、菜叶，虫子吃出窟窿的树叶都长在茁壮的好树上，虫子吃出窟窿的菜叶都是深受城里人青睐的好菜！鸟吃得比人好多了。鸟天天过得都是有肉吃的好日子，我要是像鸟一样顿顿有肉吃，一定也会快乐得全身都是劲。饭饱肉足，我会高兴地满村庄奔跑，喊着笑着……惊飞落在树上的一只只鸟！

清晨，我见过不少的虫子懒洋洋地躺在叶子上，躺在草上，躺在树枝上。一只只鸟靠近一条条虫子，虫子迷迷糊糊的还没有睡醒，就已经被鸟叼到嘴里了。鸟叼着虫子直奔各自的巢里。

鸟巢在树上，鸟妈妈落在附近的树枝上，环视周围，待附近的人一一离去，鸟才飞向巢里。

在村庄走得多了，我见过不少鸟巢，它们都不是鸟自己筑的。比如黄土窑顶废弃的老鼠洞里，村庄人的屋檐下、烟囱里，树身上的窟窿里，鸟都可能在那里安巢。记得一棵老柳树上，起初是一只啄木鸟在树身上啄出了一孔小洞，然后反反复复叼来柔软的小草、羽毛，铺在里面，把洞当成了自己的巢。啄木鸟啄洞之前，这棵老柳树上，一定潜藏着不少的虫子，虫子把老柳树的一块木头给吃空了。因此，啄木鸟顺势取材，啄出了一个温暖的巢。待自己的子女哺育长大后，啄木鸟离去了。啄木鸟除了在老柳树上啄巢，还会在梧桐树上啄洞做巢。

啄木鸟在树身上筑的巢，避风遮雨，其他鸟也乐意住进它们的空巢里。无论是哪只鸟住进去，里面都是干干净净的。某些时候，我觉得鸟比人还要干净得多。大鸟每天清晨除了忙着给小鸟捉虫吃，还要不断地清理巢里小鸟留下的粪便。巢里的鸟儿尚小，大鸟不停地飞去庄稼地里或者山坡上的草地里觅食。几分钟就一趟，每一趟嘴里总是叼满虫子，离巢前还不忘叼出小鸟们的粪便。哪天小鸟长大飞走了，腾出来的巢里没有一点鸟粪，干干净净的，留给下一对鸟哺育子女。

鸟巢不大，待巢里的小鸟一天天长大，大鸟欢快地叫着，像是遇到了特别开心的事。听着婉转的鸟鸣，几只小鸟一个紧挨着一个，巢里一天比一天拥挤。到了晚上，大鸟又会去哪里住呢？或许，它们哪儿也不去，就落在树枝上，彻夜守护着自己的孩子们。等到第二天天刚刚亮，大鸟已经叼回了几条带着露水的虫子，给醒来最早的小鸟吃。或许，鸟一次捕捉的虫子只能喂一只小鸟，哪只小鸟先醒来便给哪只吃，谁醒得早，便会多吃几条虫子。时间久了，小鸟也知道了“早起的鸟儿有虫吃”。长大了，它们也会像大鸟一样教育自己的孩子。

我还见过一些鸟，它们乐意在村庄人家的屋檐下或者烟囱口筑巢。鸟与人为邻，是鸟对人的信任。鸟似乎知道在谁家可以筑巢，在谁家绝对不能筑巢。一些人家，鸟年年来筑巢，或者修补老巢。而一些人家，几十年也未必有一只鸟来筑巢。鸟是怎么识人的，难道它们看得出来哪家人与鸟为善，哪家人与鸟为恶？我想，鸟是具备这样的本事的，鸟不会把自己和孩子送到危险的地方去。人若不伤害鸟，鸟也便不怕人。喂饱了巢里的小鸟，大鸟一会儿落在院子里的树枝上，一会儿落在地上漫步。它们不时朝着主人啾啾鸣叫着，不时与主人近在咫尺，像是讲述在村庄遇到的一件件愉快的事情。

一个鸟巢里，少则住三四只小鸟，多则七八只。给小鸟捕食，不仅是鸟妈妈的事情，鸟爸爸也会一同前往。它们一早上忙个不停，不一会儿就叼来了虫子，几只小鸟嘴巴张得比它们的小脑袋还大。不知道一只小鸟一天吃几只虫子，如果有七八只小鸟，大鸟该有多么忙碌。哺育小鸟，不比人哺育子女轻松多少。

不知道一只小鸟多少天后才能出巢，才能自食其力，包括第一次成功飞起来，它们跟村庄的孩子第一次成功走起来是否一样？鸟会飞不是天生的，人会走也不是天生的。人到了自食其力的年龄，得耗费父母亲多少时间和精力。不知道那些小鸟，在那么拥拥挤挤的巢里，是怎么练就自己的一身本领的。我一直认为，一只小鸟从长大，起飞，捕食，比村庄任何一个孩子吃的苦头都要多得多。村庄的孩子，在自己父母亲的眼里，似乎从来没有长大过。

对于虫子，早起的鸟儿自然是打搅了它们的好梦。睡梦中的虫子像死了一样，鸟叼起来容易极了。若是鸟起得晚一些，虫子们面对鸟的袭击，自然会动起来，跑起来。鸟要想叼住虫子，自然也就没有那么容易了。动制静易，动制动难。鸟只有起来得早，自己的孩子才有虫子吃，自己才有虫子吃。鸟没有什么大梦想，唯独把自己该做的事情做好，把自己一天该做的事情做好，那便就是好鸟。

当然，一些虫子不会等着被鸟吃掉。爱吃叶子的虫子会把自己隐藏在叶子的背面，或者用吐出的黏液把叶子卷起来，自己藏在里面。可是鸟儿会飞，鸟儿会全角度寻觅一只只虫子。虫子一旦暴露，鸟儿便第二天趁早向一只只虫子扑来。而且，还不是一只鸟儿扑来。鸟整个早上飞来飞去，鸟声鸟语，它们一定有不少的叫声是相互通报哪儿有虫子的喜讯的。哪里有虫子，哪里的虫子肥，鸟怎么能不知道呢？

早起的鸟儿有虫吃。村庄人也像鸟儿一样，把自己一天的时间安排得满满的，在农田里忙碌着，从日出到日落。庄稼的叶子上有了虫子，自有一群群鸟儿飞来捉去。对此，村庄人应该感激那些不止一次帮助他们捉虫子的鸟儿才是。村庄，不仅仅是人的村庄，也是鸟的村庄。鸟鸣声并不令村庄人讨厌。

在村庄，引鸟筑巢，与鸟为邻，其实是一件无比幸福的事情。

时光落在梧桐树下

巨鹿路 675 号，曾经是一处别人家的老宅子。至于是谁家的，这对于一个来自黄土高原上的人来说，实在是无关紧要的事情。我之所以注意到它，是因为从这所老宅子里编辑出刊的一本本文学杂志上印刷的通联地址，正是这里。

是的，我来自黄土高原的一个小村庄。在我们村庄，不论谁家的宅子，我都是熟悉的。比如宅子建于哪一年，屋顶的木料是杨木还是槐木，哪一家的宅子会耐得时间更长久些。而“巨鹿路 675 号”，它从十多年前便开始停滞在我的印象中，俨然村庄一个令人熟悉的路口。一天夜里，我往居住酒店附近的一条街道散步。没有想到，巨鹿路竟然与我近在咫尺。

巨鹿路是一条栽满了梧桐树的街道。每一棵梧桐树，树身都较为粗壮，树梢展开得也颇为高大。沿路的一棵棵梧桐树，生长得无拘无束，把周围的空间占得满满的。在一座城市的街道，我很久没有看到过这么魁梧的树形了。无论哪一棵树栽植在哪一座城市的哪一条街道，我们所期待的，无非是一棵树浓密的绿荫和透亮的绿色。如果人为过度地修剪，或者频繁地砍伐，更换树种，年复一年，一条路上的绿色看上去总是那么浅，绿荫也总是那么薄，这岂不是屈就了一棵棵本该朝上生长的树吗？

与巨鹿路675号不期而遇，像是在茫茫人海中遇见一个失联多年的老朋友，着实令人兴奋。我情不自禁地在这所老宅子的门口多伫立片刻，端详宅子附近的一草一木。我对巨鹿路并不陌生。巨鹿路两侧的梧桐树，树梢伸展开来拥挤在一起，形成一条长长的绿荫长廊。夜色渐浓，蝉鸣像潮水一样，从巨鹿路的西口涌进来，直直地朝着东口涌去。附近的两三处酒吧里，塞满了喝酒的人。蝉像是商量好了似的，每一次都不约而同地叫起，又不约而同地戛然而止。

环顾左右，发现不少梧桐树展开的枝叶，比巨鹿路两侧的一座座老宅子高出一截。感觉巨鹿路是专门让出空间，让一棵棵梧桐树好好朝上生长的。一只只蝉，一定是奔着一棵棵梧桐树而来的，它们聚在一起，像聚在我们黄土高原上的村庄。夜晚的村庄，一波接一波的蝉鸣声，划过村庄周围高高矮矮的树梢，把村庄一座座老宅子罩在蝉声里，村庄人会伴着蝉声轻轻地入梦。

此刻，巨鹿路上又一波蝉声划过，聚在酒吧里的人，他们到巨鹿路不仅仅是为了喝酒，还应该为了聆听这里的蝉声。伴着蝉声入酒，跟村庄人伴着蝉声入梦，一样美妙。

那晚，伴着巨鹿路附近传来的蝉鸣声，我一觉睡到天亮。

第二天清晨，躺在酒店的房间，在一波波蝉鸣声里睁开眼睛。洗漱完毕，我想起了昨夜的蝉鸣声、巨鹿路 675 号和一棵棵高大的梧桐树。我想，白天的巨鹿路，应该别有一番景致。走进巨鹿路，尽管是清晨，远远近近的蝉声已经鸣起。梅雨季节，空气格外潮热。巨鹿路上的行人和车辆并不多。我经过两处水果店，店老板已经忙着补充当天新批发的新鲜水果，从水果店里涌出来的冷风，落在身上，凉飕飕的，惬意极了。我有意放慢脚步，多停留了几秒钟。

巨鹿路，适合慢步行走。身旁的每棵梧桐树，看起来湿漉漉的，昂起头才能看到整个树梢。两侧的建筑，几乎全部都是前些年遗留下来的老宅子。我不能判断，在巨鹿路，是一棵棵梧桐树的树龄大呢，还是一处处宅子的宅龄大？这样的配置，更像黄土高原上的村庄，村庄里有老树，也有老宅子。一拨一拨走出村庄的人，又一拨一拨返回村庄，他们一定是奔着村里的那些老树，或者是奔着埋在绿荫里的老宅子返回的。那些老树和老宅子，像是勾住了一个个村庄人的魂。一个村庄人不论走多远，谁也忘不了家。

走进巨鹿路，就像是走进了别人的村庄。每一棵梧桐树的枝杈，像一个人撑开的手掌，直戳戳的冒过一处处老宅子的屋顶，把巨鹿路和两侧的屋子遮挡着。在绿荫下，一座座老宅子小而精致，挨挨挤挤。梧桐树的枝丫上新长出的叶子，紧挨着一个个窗子，要不是窗子上安装的玻璃隔挡，我相信一片片叶子便会悄无声息地伸进房子里。在巨鹿路，梧桐树上的枝叶似乎就是专门给居住在老宅子里的人生长的。每一天，隔着明亮的玻璃，屋内的人看到的都是不同的一片叶子；每一天看到的叶子，都是新鲜的叶子。这么多的叶子，争着拥向每一扇窗子，这是多么美好的事情。

每一天清晨，每一片叶子，都会给屋内的主人不小的惊喜。打开窗子的人一定都会小心翼翼，挨近窗子的叶子和树枝，像是巨鹿路给两侧的人家送去的天然盆景。这样的天然盆景，比窗外远处林立的那一幢幢高楼养眼多了。无论多么大的一座城市，一旦缺少了绿色的滋养，就像黄土高原上缺少了一棵绿意盎然的树。相反，在巨鹿路，人被绿荫重重地环绕着，就会感觉一下子接通了地气，生机勃勃。居住在这样的屋子，谁还不愿意朝着窗口多瞅几眼呢？

巨鹿路是一条单行道。穿行而过的车辆并不多。一群群小鸟落在树枝上，鸣叫。鸟鸣与蝉鸣，谁也不干扰谁，它们竞相把自己最欢快、最清脆的声音留在巨鹿路，以及巨鹿路两侧的每一棵梧桐树上。待梧桐树上的叶子颤动起来，巨鹿路上的一切似乎都慢了半拍。鸟鸣声不约而同地缓缓入耳，蝉鸣声也不约而同地缓缓入耳，连同两侧人行道上的行人，也是缓缓地行走，行驶过的车辆也是缓缓地驶去。这条路像一条静谧的村庄小道，谁也不会有意制造多余的嘈杂声。

巨鹿路是有福的。巨鹿路两侧的梧桐树是有福的。巨鹿路两侧的梧桐树新抽出的枝丫所指的人家是有福的。伫立在巨鹿路675号，我成了一个有福之人。走进与675号仅仅一墙之隔的作家书店，书店里陈列的书籍不是很满，随手翻开几本，几乎都是好书。到此读书的人，从儿童到少年，从少年到中青年，都会得到文学的滋润。我觉得，作家书店，就是从675号走出的文学巨匠在巨鹿路打开的另一扇文学之门。它跟巨鹿路和巨鹿路两侧的梧桐树一样，用时光之美迎接每一个人。

与巨鹿路相连接的是襄阳北路，这条路也是一条单行道，朝南伸进，很长很长，一眼望不到头。襄阳北路栽植的梧桐树，同样枝繁叶茂。每一棵梧桐树，像被人裁剪过一样，一样粗的树身，一样高过屋顶的树梢，还有一样触及路旁老宅子窗户的叶子。襄阳北路与巨鹿路，除了路名有别外，其余似乎没有明显区别。我随意走进路旁一条绿荫覆盖的巷道口。若不是在巷子里穿行一番，我会对上海人为何把巷子称为“弄”疑惑不解。一个“弄”字，更具烟火气息，清晨弄内飘荡的满是饭香。家家户户沿屋檐搭起了凉棚和晾衣架。晾衣架上搭满了衣服。巷子很窄，更显得悠长。

从巨鹿路走到襄阳北路，郁郁葱葱的梧桐树的枝丫上，不时有一群群小鸟择枝而栖，看见人也不惊。它们该鸣叫的鸣叫，该飞翔的飞翔。一群鸟儿，一会儿从襄阳北路飞到巨鹿路，一会儿又从巨鹿路返回襄阳北路。我在襄阳北路右侧的一条巷子口看见，一对老夫妇正在用早餐，几只小鸟陆陆续续飞来落在他们家的窗台上鸣叫。鸟和人近在咫尺，却互不干扰。此番情景，多会出现在村庄；鸟一定是把巨鹿路、襄阳北路当成了它们村庄的家。

早饭刚过，时间还早。太阳露出来，空气不再潮湿，但明显燥热了起来。一个三轮车夫，把车子停靠在襄阳北路的一棵梧桐树下，蜷缩着身体，安静地睡在车厢里。他那一身的疲惫，像梧桐树上的叶子一样轻轻地舒展了开来。一束束阳光打在梧桐树的叶子上，叶子愈加明亮了起来。那个睡意正浓的三轮车夫，头顶轻轻摇晃着的一片片叶子，斑斑驳驳的暗影在他的身上荡来荡去。

与襄阳北路相连接的是长乐路。长乐路是我走过巨鹿路、襄阳北路之后，邂逅的又一个吉祥的名字。每一天，来自巨鹿路与襄阳北路的时光，会一同涌向长乐路，一点一点，温暖和照耀着一座城市。

鼠宅

在村庄，一只老鼠从没有居住得像今天这么阔绰。我靠近一处处老宅子发现，村庄人搬离后留下的一孔孔窑洞，成了老鼠们的宅子。秋天一个午后，阳光落在一处遗弃多年的院落里，一束束亮光从院子里半人高的杂草梢上打下来，落在朝向西面的那一孔孔窑洞里。顿时，半孔窑洞的地面上亮堂堂的。我刚刚靠近一处窑口，一群老鼠就慌忙逃窜进了各自的洞里。老鼠的洞都沿地面，顺着窑壁挺了进去。要不是我打扰，它们一定会继续在这孔铺满阳光的窑洞里活动一阵子，甚至像猫蹲在阳光下一样，耷拉着脑袋，打一会儿盹。

这是一孔敞门敞窗的窑洞。不知在什么时候，主人已经将安装在窑洞口的门窗拆走了。在阳光的反衬下，整孔窑洞像个掉了牙齿的村庄老太，张口漏气。窑洞里尽管连一丝风也没有，但我浑身还是感觉凉飕飕的，好像从窑洞里冒出的一阵阵冷气钻进了我的衣服里。是的，夏天的窑洞是凉爽的。黄土高原上的每一孔窑洞，都有冬暖夏凉的特点。一群老鼠在村庄人废弃的窑洞里安家，一定正是看好窑洞的这一个优点。最关键的是，窑洞里的粮食和家什都被人搬走了，留下这一孔孔空荡荡的窑洞，谁也不会打扰它们。窑洞的地面上，除了一粒粒散落的老鼠屎，再也没有什么。

在黄土高原上，窑洞的牢固性超过外界人的想象。只要雨水不要流淌进窑洞里，窑洞通风较好，即便废弃多年的窑洞，也不会坍塌。我看到，漫过窑壁的泥皮还没有脱落。那一片片泥皮，曾经多年的烟熏火燎，窑壁上几乎没有一处是干净的，到处都像是黑漆刷过一样。在这孔窑洞里，我不时还能闻到一股股焦煳味。这是曾经居住在这孔窑洞的人家留下的烟火气息。这股气息，分明已经渗入了窑洞周围的泥土里。即便将来的哪一天，窑洞坍塌了，这些黑漆漆的泥皮埋入地下的黄土之中，也会把这些烟火气味和黑乎乎的颜色留下来，给村庄人做个记号。

现在，趁着这孔窑洞还没有坍塌，老鼠已经据为己有，将窑洞做了它们的鼠宅。老鼠比人会挑选地方。它们留在这里，就有留在这里的理由。比如说，它们也像我一样，看到这里黑乎乎的泥皮，会有一种温暖感。还比如，它们居住在这里，夏天凉爽冬天暖和。闻着一股股焦煳味，我似乎看到了我在窑洞里生活的那些年，从窑洞里冒出来的炊烟，丝丝缕缕地顺着窑洞口飘出。这些炊烟均是来自窑洞里的那方土坯火炕。火炕的生命力，只能在火中延续着，村庄人几乎一年四季都少不了要给它煨一把火。寒冷的季节，柴禾烧的火炕角角落落发烫；夏季也要烧一把火，打打潮气。窑壁上散发出来的那股焦煳味，是时间在窑壁上遗留下来的沉淀物，并一点一点渗入到泥皮里。

相比较其他地方，黑乎乎并散发着焦煳味的窑洞，自然是老鼠们安家的好地方。记得小时候，我不止一次听村庄人说老鼠会把窝安在火炕里面。我想，挡上烧火炕的门洞，那里面黑漆漆的，老鼠在那里面做窝又黑又呛，我开始是不信的。后来，有一天我烧炕时发现一窝老鼠不仅在火炕里面安了窝，还产了一窝仔。或许是我添进的柴禾，惊扰了那一窝鼠仔，一只鼠仔朝炕门口蹿了出来，有食指那么长。不知道那只莽莽撞撞的鼠仔是不是出来探风，没想到会被我“全窝覆没”。那次我把一窝鼠仔从火炕里面全部刨了出来，连上自己闯出来的那一只，一共有十一只。它们有的眼睛还不能全部打开，整个身体成了草木灰的颜色。要是这十一只鼠仔长大，不知又要糟蹋多少粮食。

一想到粮食，我不由地就会想到老鼠。人居住的地方，就会有老鼠出没。老鼠像寄生虫一样，跟着人走；人搬离到哪里，老鼠也就黏在哪里。人居住在窑洞里，老鼠的洞便打在窑洞里。人从一孔窑洞搬迁到了另一孔窑洞，老鼠似乎也跟着偷偷摸摸地搬迁了过去。老鼠自然不敢光明正大地偷吃粮食。它们趁窑洞里没有人，或者深夜趁人睡着了才吱吱吱地出来，简直把人们居住的窑洞当成了它们的鼠宅。整个屋子里，没有它们到不了的地方，没有它们不敢碰的东西。人一旦碰到一只老鼠，一准追打。当然，老鼠不会等着被人逮住，它们会爬上窑顶，或者从门缝里逃窜。老鼠似乎天生也不惧怕人，逃窜了的老鼠，说不准哪一天又跑回来。

在村庄，老鼠最猖狂的时候，猫的身价也随之上升。没有钱的人家，买不起一只猫，只能借别人家的猫，逮自己家的老鼠。好在，猫不论遇到谁家的老鼠都会逮，而且还会全力以赴，一点也不偷懒。这一点，猫做得不比一只非常忠诚的狗差。于是，每个夜晚，村庄里总会有人去别人家借猫。说好的借两晚，第二天清早猫主人便向借猫人家讨要，说是那人借走他家猫，他家的老鼠反弹了，满屋子的老鼠吱吱吱的，吵得他们家人一夜没睡好。无奈，借猫的人只好把猫还给人家。

猫紧缺的时候，真真假假的老鼠药在街市上异常走俏。没有猫的人家只好用老鼠药驱赶老鼠。有时候买到了真老鼠药，一下子毒死几只老鼠。毒死的老鼠，有的死在了屋子里，有的死在了村庄路上，有的死在了别人家里。好几只猫就是吃了被老鼠药毒死的老鼠，把自己毒死了。养猫人家骂那些下老鼠药的人，说他们家的猫曾经给谁谁家逮过老鼠，没想到竟然让那谁谁家下药给毒死了。骂那人没有一点点良心。

至于老鼠，我至今还没有搞明白，到底是人先来到村庄，还是老鼠先来到村庄。如果像我小学生物老师所讲述的那样：

“老鼠比人类的出现早了整整几千年。”那么，是不是人占据了老鼠的地盘呢？只是，我不知道没有出现人类的时候，是不是也就没有粮食，老鼠也就没有什么粮食可吃？那么，人类出现前老鼠吃的是什么呢？或者，我们把时空干脆推移到有了人类的今天，眼下居住在遗弃多年的窑洞里的这些老鼠，它们吃的又是什么呢？对于过于遥远的事情谁也说不清楚，但是从眼下看，村庄人全部已经搬离了窑洞，村庄人耕种的粮食也越来越少了。大片大片的地块，都栽植了苹果树。苹果树上长出的是苹果，不需要像粮食那样屯下来。至于那些零星地块上耕种的庄稼，收获后不多些日子就卖掉了。整个村庄，没有人像过去那样满屋子屯粮食。一年时间里，整个村庄人都在忙着屯票子。没有粮食，老鼠只能自找出路了。

一年里，随季节露在村庄零星地块上的庄稼，老鼠还是会偷偷摸摸地前去光顾。麦子、玉米、高粱、糜子、谷子、胡麻、荞麦、黄豆，过去村庄人或多或少都要种植一些。这些庄稼曾经都是老鼠们的“主粮”。它们潜进庄稼地里，提前给自己屯一些口粮，反季节享用。可是今天，其中许多粮食，村庄人已经好些年不种了。就连过去村庄人当口粮种植的麦子和玉米，也很少有人大片大片的种植了。即便到了这种境况，我发现没有哪一群老鼠或者麻雀，专门盯上哪一块庄稼不放过，它们会忽而出现在这块庄稼地里，忽而又出现在另一块庄稼地里。它们不会把哪一块庄稼地里长的粮食吃光吃净。它们似乎知道，粮食是人种的，就应该把大部分粮食留给人吃。至于那些辣椒、葫芦、茄子、西红柿等蔬菜，一茬接一茬成熟了，老鼠们也并不去靠近它们。

村庄人废弃的窑洞都在沟畔，一层一层的，绕了一个弧形，一直与村西头的那个大豁口连接了起来，模样与天边倒挂的那弯月亮差不多。只是，位于低洼地带的沟里，总是以另一副面孔出现在村庄人面前：塬上没有溪水，沟里有；塬上没有嫩绿的水草，沟里有；塬上没有参天大树，沟里有；塬上没有丰富的野果子，沟里有。沟像是黄土高原上所有村庄的“世外桃源”，应有皆有，且取之不尽，用之不竭。比如说，沟底的那一股泛水泉，一年四季总会有一股清凌凌的泉水泛出来，清纯透明，顺着沟渠汩汩地流淌着，那声音像是从大地深处发出来的一样。几乎每条沟里都有一眼泉眼，有的泉眼还从半山腰露出来，细细的泉水缓缓地顺着山坡流淌到山底，又顺着水渠流去。每股泉水都流淌成了一股小溪，条条小溪顺着各自的水路汇集到低洼地带，形成了黄土高原上少有的河水。就这样，在一条沟里，从黄土里泛出的每一眼泉水，沿沟底流淌成了溪水；几条溪水又汇集成了河水，并沿着沟底默默地流淌着。沟沿着黄土高原穿来穿去，紧紧地缠绕着所有的村庄。沟有多长，这河水就有多悠长，村庄就有多遥远。

至于沟里生长出的那些野果子和野菜，贫穷的年代曾经救过不少人的命。沟里有水，水是村庄万物之源。年年都鲜嫩的那些野菜，除了长在地上的小蒜菜、地软软菜、野蘑菇、苜蓿菜、灰灰菜，还有长在树上的香椿芽、榆钱、洋槐花等，它们挨挨挤挤，你追我赶。那些生长在各座山头上、沟洼地的果树种类，比塬上齐全多了，生长的野果子也比塬上丰盛多了。从春天开始，各种果树像赛花似的，粉的桃花，红的杏花，白的梨花，满山满洼都是，招惹来一群群蜜蜂欢快地叫个不停。入了夏，桃子、杏子、梨、野苹果又赶赛似的成熟着，秋天那些很繁茂的山核桃以及枣树上那些很繁茂的枣子，像大大小小的铃铛，早早地挂在树梢，给丰收的金秋打了个前站。冬天里，孤立在山洼地的那一棵歪脖子枣树，一粒粒干枣在风中当当地落下来，顺着山洼滚到山底；半山坡的那几棵柿子树，零零星星的柿子依旧挂在枝头，火红火红的，竟然把雪后的一架山坡映红了。

在黄土高原，风长着脚。风是花的种子，风是草的种子，风是树的种子。风吹过哪里，它便把花儿带到了哪里；风吹过哪里，它便把草儿带到了哪里；风吹过哪里，它便把树儿带到了哪里。人到不了的那些地方，那些地方的果树，果树上盛开的一抓一抓的花骨朵，花骨朵里成熟的挂满枝头的累累果实，都与一场接一场的风有关。风就像一股股小溪，流淌向哪儿，哪儿便焕发生机。

我想，沟畔的这些老鼠，也一定是风牵来的。塬上刮起大风的时候，老窑洞里一丝风也没有，老鼠们一定安静地待在它们的鼠宅里，正在窥视着我的到来。几只出现在窑口的老鼠只是与我打了个照面，便撒腿逃窜了。我一定或多或少干扰了它们正常的生活秩序。我朝着一个个鼠宅抱以歉意，心中默念，对不起，我打扰你们了！我不知道这里已经成为你们的家，但是这里曾经也是我的家，我的童年就在这里度过。我对于每一条沟壑，每一道山梁都是熟悉的，甚至我对于那些被村庄人偷偷摸摸挖掉的那几棵大树也是熟悉的，那些至今留在大地上的树坑，我看见它们像被村庄人刚刚锯倒的大树一样，周围仍然冒着腾腾热气。每一截木头都来自于大地。正像每一孔窑洞也来自于大地一样。

徜徉于几孔老窑洞，每孔窑洞里都有不少鼠洞。老鼠聚集在村庄人遗弃的窑洞里，每一只老鼠跑出鼠宅就能看见沟沟壑壑和层层叠叠的绿色。那些沟沟壑壑和层层叠叠的绿色里潜藏着老鼠的食物。我循着老鼠出出进进留下来的踪迹，发现附近有几颗撒落的山核桃和零星的粮食。这条沟里已经很久没有人来过了。每处老宅子附近的沟洼地带，曾经那些年的羊肠小道已经被茂盛的青草覆盖住了，就连那条曾经足有一米多宽、供村庄人挑水吃、扛柴禾烧的山道，路面也几乎被杂草覆盖完了。没有人迹出现的地方，这些山核桃和粮食一定是老鼠搬迁的途中撒落的。尤其是那几颗山核桃，不知道老鼠是怎么从树上采摘下来的，又是怎么运送回鼠宅的。一颗山核桃成熟了，村庄人是用一根长长的竹竿敲打下来的。加之老鼠的嘴巴就那么大，硕大的一颗山核桃，如何运送一定成了老鼠们的难题。循鼠迹，我又看到了四根青青的麦苗和五株已经有一拃多高的玉米苗，反季节生长着。这些麦子和玉米，会不会是风种的——麦粒和玉米粒太沉了，风会不会有那么大的劲，携带麦粒和玉米粒在风中游走呢?

我一个人伫立在沟底，视线远远地绕过那个大弧形的沟畔，曾经一层一层的村庄人都相继搬离了窑洞，开始聚集生活到了塬上。整个村庄的黄土塬那么大，足够村庄人折腾了。而沟呢，就应该留给那些野菜、野果子自由自在地生长，开花并结果。至于沟畔留下来的那些老宅子、老窑洞，以及居住在老窑洞里的那些老鼠，与沟为伴，与沟底的小溪、河水为伴，与沟沟洼洼的野菜、野果子和一棵棵参天大树为伴，谁也不会孤单，谁也不会寂寞。这样，不管到了哪一天，那些被村庄人遗弃的乡土，以及一孔孔窑洞里潜藏的鼠宅，它们又会萧条到哪儿去呢？！

不一样的村庄

如同一棵树，一棵树上的叶子，在同一个村庄，没有一模一样的树，也没有一模一样的叶子。村庄也一样，我的村庄跟别人的村庄也不会一模一样。在自己的村庄，即便是在黑夜里，我也会闻着我家淡淡的炊烟回家。我回家再晚一点，我养的虎子会找到我，并跑在前面给我带路。虎子是一条狗，它在村庄只生活了一年多时间。某些时候，村庄的角角落落，虎子比我还要熟悉。

一个人，一辈子，谁也不知道自己最远能够走多远。我还是一个孩子的时候，在村庄里穿来穿去，在村庄的柴垛间穿来穿去，在村庄的塬上和沟里穿来穿去，村庄在我的眼里似乎大得无边无垠，我时时刻刻都被村庄紧紧地包裹着。我八岁入学，一年级连续两年留级，十岁仍然在上一年级，周六周日，我顶多窜到沟里，或者村小门口。窜得再远，人是陌生的，路是陌生的，树是陌生的！我最怕自己找不到回家的路。

那次，我真的被丢到了别人的村庄。那是一个没有月亮的夜晚。我跟随一个堂哥到另一个村里去看电视，那是方圆几十里唯一的一台木壳电视机。一到晚上，大人带着孩子们都涌向那里。大冬天的夜晚，人们围得严严实实的，电视机被搬到了一个大场上，那晚我看的是电视剧《西游记》，我记忆犹新的是孙悟空摘了仙桃返回花果山给小猴子吃的那一段。小猴子吃仙桃的时候，我正靠着电视机旁边的一个烟囱，慢慢蹲下来，津津有味地看着猴子们吃着桃子。

那些诱人的桃子似乎能催眠似的，我竟然耷拉着脑袋睡着了。待我被人叫醒时，才知道自己刚刚大口大口吃的那些桃子是在一个梦里，口角还流着口水。当晚的电视剧播放结束了，观看的人都离去了，堂哥也不在场了，我被放电视的人带到了他们家里。我没有哭闹，安安静静地坐在他们家的热炕上。放电视的人问我记得回家的路不，我说不记得。放电视的人反复安慰我，说明天想办法送我回家。可我心里一点也不安静，我连回家的路都不记得，还怎么回家呢？我想自己会不会丢了，放电视的人会不会骗人……

内心正忐忑不安的时候，堂哥终于找来了。堂哥说他走到半路感觉自己好像少了什么，突然醒悟过来把我丢在了放电视的场上，着实吓出一身冷汗。还好，堂哥找到我了，他紧锁的眉头缓缓地展开了。那晚我跟着堂哥返回的路上，到处黑漆漆的，我们一句话也没有说，只是认认真真地走自己的路。一会儿穿过一个村庄，一会儿穿过一大块高高矮矮的树林。那一夜赶过的小路，是那么长。村庄太大了。多年后，提起此事，堂哥说那一晚他的心真大，若真把我给丢了，他这一辈子也不会心安的。我哈哈一笑说，到处都是村庄，能丢到哪里去?

一个村庄比一座城市大多了。一个村庄是由一个接一个的小村庄组成，一个接一个的小村庄里，还有一个接一个的更小村庄。倘若把一个接一个的村庄连成块、连成片，还把哪座城市给包围不了，还把哪座城市给装不下?！所有的村庄跟所有的城市相比，好像一条藤上的两个瓜，谁也离不开谁。比如，村庄里长那么高的树，还不是为了给城里挡风的?村庄种那么多的粮食和蔬菜，大部分还不是给城里种的?村庄养那么多的猪牛羊，大多还不是给城里养的?我渐渐大一点，赶了几趟镇上的集市，十五岁最远去过一趟县城。村庄赶集的人，年复一年的在城乡之间穿梭着。没有一个人一直把自己停留在城里。我觉得呀，其实城市就像是村庄走出的一个孩子，它们的脐带始终留在村庄。

再大的城市没有村庄大，再大的城市也是靠村庄给养的!

二十二岁那一年，我离开村庄来到了一座城里，看到城里那么高的楼，那么美丽的树，那么干净的街道，那么好吃的杂粮，或多或少都与村庄人有关。村庄人到了哪里，哪里才像个城。城里若没有一个村庄人，城里的楼还会盖那么高么，树还会那么美丽么，街道还会那么干净么，杂粮还会那么好吃么?

我始终把自己当成一个村庄人，其实我的骨子里就是个村庄人。无论去哪一座城市，我才有底气。相反，我若把自己当成一个城里人，反倒感觉整个城市都是那么陌生。

村庄人在城里，心里最放不下的还是村庄。孩子在村庄，老人在村庄，家在村庄。搁在过去，村庄人谁也不愿意到城里去。村庄人有田地，田地里生产粮食。粮食牢牢地牵着村庄的人，牵着村庄的牛马羊。谁也不愿意离开延续生命的村庄。村庄没有人不爱惜粮食，贫穷年代，谁家没有钱可以，若没有粮食，一家人会慌的。时过境迁。当家家囤里有了余粮，村庄人不再为吃饱肚子发愁时，村庄人耕种了庄稼，还想外出务工。一个村庄，一个人走出去赚钱了，其他人也跃跃欲试，陆续离开村庄，去了城里。村庄人缺的是钱，最不缺的就是力气，而城里人正是需要村庄人的一把力气。

村庄人一个个进城了，一头毛驴也跟着趾高气扬地进城了。偶尔，在城市的街道，可以看见一个村庄人牵着驴子，驴子套着粪车，沿一条街道缓缓奔去。这只驴子默默地走着，它一声不吭，就像奔走在村庄的小路上，不紧不慢。汽车从它身边驶过，行人从它身边走过，摩托车从它身旁飙过。可是，驴子和那个牵着驴子的村庄人，仍旧默默地走自己的路。他们似乎把城里当成了村庄。乐于进城的驴子一定早已明白，去城里比在村里出力小不说，而且它的主人顿顿都舍得给它一份精料吃。这是一头驴子在过去想也不敢想的好事。

村庄渐渐空了。人少了，牛马驴少了，村小学的学生少了。村庄不再像过去那么拥拥挤挤。一座城市，好像成了一个个村庄人奔向幸福的去处。他们想成为一个城里人，他们又矛盾成为一个城里人。村庄人想，撂下村庄的田地和家，自己即便有一天过上了城里人的日子，那他的儿子呢，孙子呢？怎么保证他们一代接一代的人都能在城里过上日子？还有他们留在村庄的老宅子，村庄的土地，岂不是撂荒了？再想回去的那一天，宅子还是以前的宅子吗，土地还是以前的土地吗？

村庄人的心里始终不踏实，总觉得城市不是村庄人的久留之地。城里的楼房，越来越高，越来越多，却没有多少房子是真正属于村庄人的。村庄人把自己当个过客，把城市当个驿站。一拨拨人进城了，一拨拨人回村了。

有趣的是，城里人住在城里的楼里，感觉一套一套的房子就像高处被腾空的一只只笼子，自己被囚在里面。伫立窗前，极目远眺，哪有村庄那一块块绿意盎然的大地养眼呢？也是啊，黄土高原上的城市街道，脚想踩一块黄土都难。花园，街道，小巷，到处被钢筋或者混凝土覆盖着。人像是一株植物，除了阳光，还需要接触一些地气。感受地气，唯有去乡下的村庄。或许有一天城里人在房子里栽植个盆景，也只能在村庄的一棵大树下挖土。

不知道从哪一天开始，村庄人不再羡慕城里人，城里人却羡慕着乡下的那些村庄人。

城里人去了村庄,水是甜的,空气是新鲜的,太阳是明亮的,蓝天和白云触手可及。城里人发自内心地想过一过村庄人过的日子，不少乡下的村庄又变得拥挤起来、热闹起来。若干年后，会不会有这么一天：城里的村庄人返村了，城里人也跟着村庄人陆续来到村庄，把村庄当成美丽的驿站。那样的话，一座城市会不会像今天的村庄一样，也就慢慢变空了?

会不会有那么一天，村庄人明白，村庄才是他们的根和魂。一座城市待得再久，也不会成为自己的村庄。城市是别人的村庄，他们终究不会久留。唯有回到自己的村庄，才能找回那些流逝已远的乡情。

但愿所有的城市永远也不会像一些村庄一样，成为下一个“空村”。毕竟，城市与村庄是不一样的，无论哪一座城市，都离不开一个个村庄的给养!

后记

我出生在半个黄土窑洞里。据母亲讲，那口窑洞，半截坍塌了，父亲给剩余的半截垒了山墙。冬天里，窑里唯一的热源，便是那一面火炕。母亲趁我熟睡间隙，还要到附近捡拾柴禾。

父母是经受过苦难的人。他们一辈子修筑了三院庄子。第一院就是那孔半截窑洞。待我记事，我们家已经搬离。第二院庄子，父母花了三年时间，大多都是利用晚上时间，硬是给我们挖掘了三孔窑洞。在三孔窑洞里，我度过了我的童年。我小学五年级那年，家里另行选址准备修建砖瓦房。因用材需要，父亲伐了窑洞旁边的三棵桐树。夜晚突如其来的一场白雨漫过大地，树坑里的水顺窑壁流淌进了窑里。我跟随父亲填埋树坑，一道闪电划破天际，地上到处一片大水漫延的白，我深一脚浅一脚才知道那是父母一生所经历的灾难之一。那也是我生命中经历过的最大的一场雨。

二十岁那年，我从村庄来到城里，城建在董志塬上。这面塬是世界上黄土面积最大、保存最完整、黄土层最深厚的大塬。我发觉，城与村庄仍然有某种脉络上的关联——我像个永远喂养不大的孩子，父母通过班车经常捎猪肉鸡肉或蔬菜。这些从村庄捎来的肉呀菜呀，都沉淀着乡村的记忆和味道。

飞机场、火车站、高速公路，这些曾经出现在童年教科书里的画面，如今已不再只是我封存在纸上的梦想，它们一个个圆了黄土塬人的梦。不管是塬上城的变化，还是村庄的变化，这份生命图腾，都源于黄土塬上生生不息的大地。

这些年，我从城里回到乡下老家，父母从乡下老家来到城里，虽然没有扯断亲密的联系，但老家与城市对我们彼此来说却似乎日渐陌生了。站在塬上街繁华热闹的某个角落，站在村庄曾经熟悉的某个地头，我漂泊的心境总是无法安放游荡的灵魂，一阵阵萧瑟的凉风常常让我不知所终。大概，这正是一个人“出走”村庄的代价。

每当静下心来，我只能寻求一种真诚的表达。这是关于父母的，也是关于村庄的。面对村庄，就像面对我的老父亲、老母亲，我们在一起的时候，总会说些暖心的话。父母经历过贫穷和困苦，但他们很少提及，他们心里总是鼓着一把劲儿，相信村庄人的日子越来越好。为村庄写作，也应该像和父母说话，我的思绪是清晰的，画面是温暖的。大地、风、玉米、麦子、草人、涝池、炊烟、鸟巢等，都是一种纯自然书写，并不需要修饰和雕琢。我只需把村庄这幅画卷展开来，像讲述童话一样，构建黄土塬人精神的村庄。

很荣幸，我的写作得到了张琳、郭晓琦老师的悉心指导。

感谢插画师井迪精心地创作。著名散文家徐可、安黎还为散文集撰写评论，大家的热忱和鼓励，我一并致谢。

我的文字里，“豁口”“水洞子”“火炕”“土灶台”“堡子”“窑洞”“沟”“塬上”等，是黄土高原上的村庄特有的元素，在我的村庄都是真实存在的。它们都是永远保留于我生命中的温暖场景。村庄不需要赞美，村庄一直活跃于我的内心。

我永远都是属于村庄的孩子，那里封存着我的童心、童真，乃我的文学之源。

关于村庄的文字，我还没有写完。

禄永峰

2020 年 9 月 28 日于甘肃庆阳

图书在版编目（CIP）数据

风吹过村庄 / 禄永峰著. -- 合肥：黄山书社，
2020.11
ISBN 978-7-5461-9380-9

Ⅰ. ①风… Ⅱ. ①禄… Ⅲ. ①散文集－中国－当代
Ⅳ. ①I267

中国版本图书馆CIP数据核字（2020）第218992号

风 吹 过 村 庄

禄永峰　著

FENG CHUI GUO CUNZHUANG

出 品 人　贾兴权
责任编辑　刘莉萍
内文插图　井　迪
装帧设计　私书坊_刘　俊　张俊香
出版发行　时代出版传媒股份有限公司（http://www.press-mart.com）
　　　　　黄山书社（http://www.hspress.cn）
地址邮编　安徽省合肥市蜀山区翡翠路 1118 号出版传媒广场 7 层　230071
印　　刷　安徽联众印刷有限公司
版　　次　2021 年 5 月第 1 版
印　　次　2021 年 5 月第 1 次印刷
开　　本　880mm × 1230mm　1/32
字　　数　160 千字
印　　张　7.875
书　　号　ISBN 978-7-5461-9380-9
定　　价　42.00 元

服务热线　0551-63533706
销售热线　0551-63533761
官方直营书店（https://hsss.tmall.com）